O sol não espera

O sol não espera

Marilia Castello Branco

hedra

São Paulo, 2011

© Hedra, 2011
© Marilia Castello Branco, 2011

Dados Internacionais de Catalogação na Publicação (CIP)

Branco, Marilia Castello. *O sol não espera*
– São Paulo: Hedra, 2011

ISBN 978-85-7715-263-6
1. Literatura infantojuvenil I. Narrativa III. Título

CDD 028.5

Índice para catálogo sistemático:
1. Literatura infantil :   028.5
2. Literatura infantojuvenil :   028.5

Edição: Iuri Pereira
Diagramação: Bruno Oliveira
Capa: Gabriela Gil
Edição de texto: Ana Mortara e Iuri Pereira
Direitos reservados em língua portuguesa

EDITORA HEDRA LTDA.

R. Fradique Coutinho, 1139 (subsolo)

05416-011 São Paulo SP Brasil

Telefone/Fax (011) 3097-8304

editora@hedra.com.br

www.hedra.com.br

Foi feito o depósito legal.

SUMÁRIO

O SOL NÃO ESPERA 9

23 de novembro, quinta................................ 11

24 de novembro, sexta................................ 30

25 de novembro, sábado.............................. 51

26 de novembro, domingo 61

28 de novembro, terça................................ 66

30 de novembro, quinta.............................. 71

2 de dezembro, sábado 78

3 de dezembro, domingo............................. 91

4 de dezembro, segunda.............................101

6 de dezembro, quarta................................104

8 de dezembro, sexta.................................106

9 de dezembro, sábado..............................107

16 de dezembro, sábado.............................118

20 de dezembro, quarta..............................133

21 de dezembro, quinta..............................136

22 de dezembro, sexta 139

10 de janeiro, quarta....................................147

11 de janeiro, quinta....................................150

Uns dez anos depois 158

23 de novembro de 1999, terça 163

*Para Ricardo
e os meninos da minha rua*

O SOL NÃO ESPERA

23 DE NOVEMBRO, QUINTA

Viver é esquisito.

Às vezes passam semanas, meses, sem uma novidade. De repente, quando estamos quase acostumando com a vidinha besta... o mundo vira de ponta-cabeça, a gente no meio do redemoinho.

Começou hoje cedo, na escola. No recreio, fui com as meninas pra trás da quadra, conversar sobre coisas que só interessam a nós. Glorinha agora deu pra vir atrás.

Pati tinha uns cigarros meio amassados que pegou da irmã. Acendemos e fomos passando de mão em mão, balançando para a fumaça não aparecer. O papo era o de sempre: meninos e beijos. Beijos na boca, lógico.

– Em filme e novela nunca dá pra ver direito.

– Nem é beijo de verdade.

– Ou eles não mostram. Disfarçam.

– Um vira a cabeça de lado.

– Tem uns que são pra valer. Põe a língua, claro que sim!

– Vai dar um beijo ou lamber a língua do cara?

– É assim, gente. Tem beijo na boca simples e beijo de língua.

– Põe a língua se quiser.

– Mas... as duas ao mesmo tempo?

– É, um fica chupando a boca do outro.

– Que nojo!

– Se for assim, nunca vou querer beijar ninguém.

– Duvido.

– A santa virgem...!

– Sabem o que eu queria? Perder a virgindade num acidente de bicicleta. Assim não ia mais ter de me preocupar com isso.

– Mas como, de bicicleta?

– Impossível!

– Li numa revista.

– Que revista idiota você anda lendo?

Bel fez um "v" com os dedos para baixo:

– Se você cair assim, ó, no cano.

– Aaai!

– Tá bom. Você está maluca.

– Que besteira!

– Dizem que sangra muito.

– Voltando ao assunto, antes... precisa beijar.

– Beijar quem? A bicicleta?

– Não tem graça, Cléo!

– Quer saber? Beijar o Alex eu ia achar ótimo. Na boca, de língua, de chupão...

– Pati, o Alex é o máximo, mas ele não te dá a mínima!

– É um bestinha.

– Muito velho pra você. Tem quase dezoito!

– Dezesseis.

– Taí, velho!

Teca, que até então tinha ficado calada e fumado o cigarro inteiro, resolveu abrir a boca.

– Vocês estão falando tanta bobagem! Só quero ver o vexame no dia que forem beijar alguém.

– Falou a sabidona.

– E o que você sabe? Por acaso já beijou?

– Bom. Beijar um menino, pra valer, ainda não. Mas minha prima está me ensinando.

– Ensinando. . . ?

– Como assim?

– A gente treina.

– Você beija sua prima na boca?

– Não acredito!

– Pra treinar, suas tontas. Como vocês acham que vão aprender? É que nem andar de bicicleta.

Cléo riu:

– É mesmo. Corre o risco de perder a virgindade. . .

– Engraçadinha. . .

Não sei por que, mas nessa hora tive de abrir a boca:

– Beijo, eu treino sozinha mesmo.

– Hã?!

– É, no braço. Assim. . .

Coloquei a mão em volta do pescoço e dei um beijo naquela parte gordinha, perto do ombro. Mas elas caíram na gargalhada.

– Louca!

– Mostra o braço, Maria.

– Tá todo babado. E você mordeu.

– Mordi nada.

– Olha a marca!

– Deixa eu ver.

– É um chupão.

– Tá vendo? Tem uma técnica. Se não aprender, se dá mal. Mas eu posso ensinar.

– Nem morta eu ia querer beijar você na boca, Teca!

– Tudo bem. Não é problema meu.

– Mas essa sua prima sabe mesmo?

– Ô se sabe. Já beijou três meninos.

– E beija você. Eu, hein?

– Deve ser uma vaca.

– Galinha.

– Medrosas! Quero ver quando tiverem namorado e ele perceber que vocês não sabem beijar. Vão fazer o quê? Morder, que nem a Maria?

– Eu tenho coragem. Topo treinar com a Teca.

Sabia que a Glorinha faria de tudo para se mostrar pra gente; só não imaginava... Acho que ela falou e logo se arrependeu, mas aí não tinha mais jeito. Disse que topava, ia ter que provar.

Glorinha ficou ali parada, olhos arregalados, dura de medo. Teca ia mandando.

– Põe a mão aqui. Fecha os olhos.

Puxou a outra pelo pescoço e a boca da Glorinha desapareceu dentro da dela. Mas não parecia um beijo de cinema. Quanto mais uma agarrava, mais a outra empurrava. De repente, Teca deu um berro e caiu para trás. Glorinha gritava.

– Você enfiou a língua na minha boca!

E a Teca chorando, com a fala enrolada:

– Ela me mordeu!

– Teca, você é nojenta! – disse a Pati. – Sabe como chama isso? Sapatão!

Começaram a rir, chamando a coitada de tudo o que era nome. Glorinha era a que xingava com mais raiva.

– Porca!

Mas ver a Teca no chão, chorando com a mão na boca, não tinha graça. Cléo abaixou e pediu para ela mostrar a língua.

– Ih, olha só, Maria. Tirou sangue.

Espiei.

– Só um pouquinho. Não foi nada, levanta, Teca.

– Chega, gente. Quando a Glorinha disse que topava, vocês incentivaram. Agora deixa pra lá que vai tocar o sinal.

A Cléo tem esse jeito. Sempre sabe o que fazer, o que dizer. E não se espanta com nada. É a menina mais... sensata, eu acho, que conheço. Minha mãe diz que ela é madura para a idade. Acho que é isso que deixa a Pati com tanta raiva.

– Estão defendendo? Vai ver é porque gostam! Daqui a pouco vão estar as duas no matinho, trocando beijos de língua. Bem que minha mãe fala, Maria: isso é falta de homem em casa.

Não aguento. Sou a única na classe que tem os pais separados, ela fala pra machucar. Cléo também fica mal: perdeu a mãe quando era pequena e, ano passado, o pai teve de ir embora para Londres. Ficou sozinha com a avó. Pulei em cima da Pati. Ela pode ser maior, mas é peituda; eu sou magrinha e ágil.

A barulheira tinha de chamar a atenção da dona Noeli. Resultado: todas para a orientação. E tome aguentar em silêncio a papagaiada.

– Vocês acham bonito ver duas mocinhas brigando como moleques? E blá blá blá blá blá...

Saímos com uma advertência para os pais assinarem.

Se fosse só isso, até que estava bom. Mas mal podia imaginar o que me esperava em casa.

CHEGUEI E SENTI o clima pesado. Vovô muito calado, mamãe em casa na hora do almoço. Estranho. Quando abriu o envelope da escola, ela só deu um suspiro fundo e ergueu as sobrancelhas:

– Daqui a pouco a gente conversa.

Os dois se fecharam um tempão no escritório. Pelo barulhinho da extensão percebi que davam vários telefonemas. Algo estava muito errado. Só não podia imaginar o quê.

Depois que eu e Caco almoçamos eles saíram, com ar de preocupados. Mamãe me chamou do corredor. No meu quarto, ela fechou a porta.

– Maria, você andou brigando?

– Ih, mãe. Foi a besta da Pati que começou. Ela disse que a Nanci disse que a gente tem falta de homem aqui em casa!

– Maria! Uma besteira dessas, você ignora! Entra por um ouvido, sai pelo outro. Já está uma moça, não dá pra se controlar?

– Quando elas falam do meu pai, saio do sério. Dá vontade, sei lá... Por que os meninos podem brigar e as meninas não?

– Não é nada disso. Violência é feio pra qualquer um. E coitada da Pati! Não sei se não é melhor não ter pai nenhum do que viver com o Hugo. Não duvido que ela apanhe por causa dessa advertência.

– Bem feito.

– Não fala assim. Eu mesma já desculpei a Nanci por muita coisa que andou dizendo.

– É verdade que ele bate nela também?

– Chega, Maria! Não tem graça!

Parecia mais nervosa do que era normal nessas situações. A ponto de chorar.

– Como se não bastassem todos os problemas, você precisa criar caso na escola? Pensa que as coisas estão fáceis neste país?

– Ah, mas que droga! Agora o país inteiro tem a ver com a minha briga?

Os olhos dela ficaram vermelhos, molhados, duas lagrimonas crescendo.

– Que foi, mãe?

– Nada.

Tentou, mas não segurou. Soltou um soluço e as lágrimas escorreram.

– Seu tio Vinícius sumiu.

– Como, sumiu? O carro dele está aí na garagem.

– É, faz uns três dias. No começo não me importei, ele sempre faz dessas maluquices. Mas hoje ligou um cara para seu avô. Amigo, conhecido, sei lá. Contou que uns homens num Aero Willys preto estavam seguindo o Vina faz tempo. E viu quando o prenderam, segunda-feira.

– Preso?

– O pior é que a gente não sabe de coisa nenhuma. Se eram da polícia, do exército, se era... sei lá! Faz dois dias e aqueles idiotas dos amigos dele só avisam agora. É desse jeito que eles acham que vão mudar o mundo? Seu avô está telefonando para várias pessoas que conhece, tentando localizá-lo, mas nada. Sumiu, desapareceu!

E escondeu o rosto.

Quando a gente chora, mamãe parece que sabe exatamente o que fazer. Mas, e quando é a mãe que está chorando? Fiquei feito boba olhando até ela começar a enxugar os olhos e respirar fundo.

– Maria, eu também não estou entendendo nada. Como é que a gente fala isso? Olha. É difícil explicar, mas tem gente sumindo, sendo presa por qualquer motivo, só porque é contra. O governo. A situação... tá complicada. Não viu o pai da Cléo? Proibido de dar aulas na universidade, teve de ir embora para a Inglaterra. A coisa está meio... feia. Quem tiver opinião, é melhor não dizer nada para ninguém. E o seu tio, às vezes, tem umas opiniões um pouco... bastante... exageradas, né?

Olhou para o relógio.

– Filha, preciso ir. O Jorge me deixou passar em casa para ver o que estava acontecendo, mas tenho essa reunião na agência às três, não vai dar para faltar e ainda tenho de dar um jeito na minha cara.

Passou a mão no meu rosto.

– Escuta. Desculpa falar desse jeito. Não queria que você ficasse assustada. Depois a gente conversa com calma. Tenho certeza que seu avô vai conseguir achar o Vinícius. Ele conhece muita gente importante lá do Fórum. Vai dar um jeito, você vai ver. Não comente nada, melhor ninguém ficar sabendo. Fica de olho no Carlinhos, tá? Não quero ele na rua até de noite. E você tem inglês no fim da tarde. Não vá deixar dona Ágata esperando.

Vovô continuava trancado no escritório, grudado no telefone. Eu estava me sentindo mal fechada dentro de casa e resolvi sair de uma vez.

RODEI DE BICICLETA pelo bairro pensando naquilo tudo. Como pude ser tão tonta? Nunca havia prestado atenção no fato do meu tio ser comunista. E tava na cara! Os livros, as coisas que ele dizia, até os discos dele eram meio de comunista. Cléo diria que só mesmo uma tonta pra não perceber. Pensei em ir para a casa dela, contar tudo, conversar. Mas já sabia como ia ser. Ela ia falar, falar e colocar o disco do Caetano para ficar lembrando do pai. E o que eu estava querendo naquele momento não era conversa séria nem choradeira. Melhor pedalar, vento no rosto, voando livre no dia de sol.

Nesta época do ano as árvores da rua florescem e cobrem o chão num tapete amarelo. Quando o Caco era bem pequenininho, eu brincava com ele de chuva de flores. Ficávamos com os cabelos cheios de florzinhas e ele achava muita graça. Um dia, eu estava falando, ele pegou um punhado e tacou bem dentro da minha boca. Engasguei e fiquei tossindo e cuspindo flores. Ele ria, ria, sem conseguir parar, como se alguém estivesse fazendo cócegas. Brincadeira boba, de nenê. Não sei por que hoje gostei tanto de ficar pensando nisso.

Voltei deslizando pela minha rua, sem pedalar, rumo à pracinha. Logo depois da curva avistei parte da turma no muro da casa do Tom: Akira e Debi sentados, Max e Dimi batendo bola. Era disso que eu estava precisando.

Não pensar em nada complicado. Nem bem cheguei, já fui ouvindo:

– Ô, Maria Enferrujada!

O Max não perde a mania. Se tem uma coisa que eu não gosto são essas piadinhas com a minha aparência. Se pudesse escolher seria morena, parecida com minha mãe. Mas as únicas coisas que papai me deu na vida foram sardas, a parte italiana do sobrenome e essa cor esquisita de cabelo ruivo. Respondi como sempre:

– Tudo bem, quatro-olho.

Como sempre, ficou por isso mesmo. Conheço o Max há tanto tempo que acho que a gente continua dizendo essas coisas só para não perder o costume.

Ficamos no sol olhando a rua. Lembrei do Caco:

– Vocês viram meu irmão?

– Passou agora mesmo, com aquele amigo maluquinho.

– Maluquinho qual?

– O filho do dono da oficina. Que uma vez caiu do poste.

– Miro?

– É. Disse que o pai ia dar uns rolimãs pra eles fazerem um carrinho.

Tudo bem normal, tudo como sempre. Akira se pendurou de cabeça para baixo no muro, mãos tocando o chão. Debi lembrou da novidade.

– Viu que mudou gente nova para a casa aí em frente?

– Ah, é?

– Acho que são argentinos. Ouvi a mulher falando castelhano.

A casa estava vazia há meses. Tinha um portão grande e alto de ferro que o pessoal costumava usar como gol, por causa do barulhão que as boladas faziam.

– Então vai acabar a alegria dos meninos.

– Sei não. Tem um garoto da nossa idade. Já vi. Bonitinho!

Eu não estava com muita vontade de conversar. Nem que o assunto fosse um garoto novo e bonitinho. Soltei um suspiro profundo, parecido com aqueles da minha mãe. E não é que nessa hora o tal portão abriu e saiu um menino? Cabelo lisinho preto caindo na testa, *short* branco, camiseta listrada e uma bicicleta vermelha diferente, lindona, novinha. Olhou para a gente, olhamos para ele, ninguém disse nada. Uma voz de mulher chamou lá de dentro:

– Luca!

E falou alguma coisa numa língua que não me era estranha.

– Debi, que castelhano nada! Isso é italiano.

– Como você sabe?

– Por causa da minha avó, ora. Até sei umas palavras.

– Ah.

– Ok, *mamma*! – o menino gritou para dentro de casa e saiu pedalando rua abaixo.

Max dava risadinhas porque o cara chamava a mãe de *mamma*. O tonto não percebe que estão falando outra língua. Mas Akira tinha um assunto mais interessante.

– A gente podia fazer um bailinho no sábado.

– Só se for na sua casa.

– Nem pensar. Acho que mamãe nunca vai esquecer a guerra de brigadeiros da minha festa de doze anos.

Caímos na risada.

– Mas isso foi há séculos!

– Agora é diferente.

– Você vai fazer catorze.

– Nem precisa brigadeiro.

– É. Quem sabe dessa vez vocês não fazem uma guerrinha de amendoim?

Pensei no meu aniversário que era logo antes do Natal. Será que com aquela droga de sumiço do meu tio ia poder ter festa? Sei não. Estou ficando tão. . .! Preocupada com futilidades numa hora difícil dessas.

Descendo a rua, no maior pinote, veio vindo o tal de Luca. Passou juntinho da gente, exibindo a bicicleta e tirando uma fina do Max, que ficou furioso, enquanto o outro sumia na esquina.

– Olha o metidão. Pensa que é o bom.

– Legal a bicicleta dele, hein?

– Não é nacional.

– Debi, e na sua casa? Pode ser?

– O quê?

– A festa, menina! Na garagem...!

– Sei lá, Akira. Agora, época de provas, não tem jeito. Depois, quando meu irmão chegar com o boletim lotado de MB, digo a ele para pedir.

– Falando nisso, cadê o Dani? Com o nariz enfiado nos livros?

– Que nada. Campeonato de xadrez.

– Ó o cara! É crânio!

Lá veio o Luca de novo. Qual era a dele? Voltas no quarteirão? Deu um cavalo de pau e parou, encostando a bicicleta no muro. Ficou só olhando para a gente, do outro lado da rua. Max colocou as mãos na cintura e fez uma careta.

O italiano parecia mesmo metidinho, parado na calçada com as pernas meio abertas, braços cruzados e o queixo levantado. Eu já ia achando que era um antipático, mas ele sacudiu a cabeça tirando o cabelo dos olhos e sorriu. Pra mim? Os lábios um pouco fechados, olhos que eram duas faíscas. Dava vontade de ficar encarando, mas ele podia pensar sei lá o quê. Debi foi logo falando, que nem o Tarzan com a Jane:

– Oi... eu... Debi. Você... fala... nossa... língua?

E pôs a língua pra fora, apontando com o dedo. Ele caiu na risada, atravessou a rua e respondeu sem quase nenhum sotaque.

– Hau. Mim chefe sioux Cavalo Louco e falar língua menina de óculos muito bem. Vocês estão sempre aqui, né? Eu mudei esta semana.

– É, sempre aqui. No muro da casa do Tom. É todo mundo mais ou menos vizinho. E tem mais gente. Da rua de cima, de baixo...

– O Tom eu conheço. É do meu colégio. Meu nome é...

– Luca!

Dissemos as duas junto com ele, e eu tive um ataque de riso. Debi, que nunca se aperta, foi apontando.

– Mim Debi, você já sabe. Akira, Dimi, Max e Maria.

Luca olhou para mim e piscou. Senti as orelhas queimarem.

– Maria, *la rossa*!

Virou e começou a falar com os meninos. Logo estavam os quatro chutando aquelas boladas no portão: cabum!

– Credo, Má. Do que ele te chamou?

– Maria, a vermelha.

– Vermelha mesmo. Você está que é um pimentão.

Que vergonha! Mas bem que eu tinha gostado. *Rossa*, com um erre mole, como aroma. Nada a ver com as besteiras que o Max dizia.

– Ó lá, Maria, seu irmão!

Olhei para a esquina e quem vejo, subindo a rua? Caco e Miro, sujos de graxa, descabelados, carregando um caixote cheio de peças, parafusos e os tais rolimãs. Que nem dois maloqueirinhos.

Droga, justo agora. O que o Luca ia pensar? E depois do Max ter falado, não dava nem para fingir que não conhecia. Fui logo dando uma bronca.

– Caco! Onde você se meteu? Olha a sua roupa: imunda!

Fez uma cara! Nunca na vida eu havia me importado com a roupa dele. Mas o Luca parecia mais interessado nas peças do que eles. Sentado na calçada, explicava muito sério alguma coisa sobre caixa de câmbio, diferencial, sei lá.

– Caco, é melhor você ir subindo. Mamãe disse para voltar cedo hoje e já são...

Peguei no pulso da Debi e espiei o reloginho.

– Quase cinco! Dona Ágata me mata.

Luca me olhou com a testa franzida, risco de graxa no nariz, cara de ponto de interrogação.

– Aula de inglês.

– *You speak english, rossa?*

Se ele era metido, eu também podia ser.

– *Yes I do. My name is Maria. Maria, ok?*

– Ok, *baby*! Maria. Então... *Ciao, bella.*

24 DE NOVEMBRO, SEXTA

QUANDO EU ERA pequena, tudo parecia tão fácil... Deitava cedo, dormia feito anjo, acordava alegre. Mas, de um tempo para cá, perdi o sono. É encostar a cabeça no travesseiro e começar a pensar nas coisas mais malucas. Levantar pela manhã virou uma tortura. Como hoje: cheguei à escola atrasada e zonza. Nem podia lembrar direito da briga até encontrar a Pati, com cara de quem bebeu vinagre. Mamãe pode dizer o que quiser, acho difícil perdoar. Mas estávamos umas santas. Tivemos prova de matemática e fui bem mal.

Voltei de mau humor. E como ando desligada! Tinha largado a bicicleta no jardim desde ontem. Toda úmida. Entrei pela garagem e fiquei olhando o fusca vermelho do tio Vina, cheio de papéis, pastas e caixas. Estranho. Na cozinha dei de cara com mamãe, o ar sério e preocupado, olhando uma panela que fervia no fogão. Dentro, o estojinho de seringas de injeção. Só de ver, meu estômago dava pulinhos.

– Por favor, Maria, faça silêncio. O Vinícius apareceu, graças a Deus. Mas não está nada bem.

– Cadê ele? O que aconteceu?

Ela deu aquele suspiro fundo.

– Calma. Já vi que não adianta tentar esconder nada de você. Não sei se vai gostar de ver seu tio agora. Bateram muito nele. O médico já veio, disse que vai ficar tudo bem. Logo mais tenho de aplicar um antibiótico. Mas ele também está muito triste. Deprimido. Acho que isto vai ser o mais difícil de sarar. Não quero que você se assuste.

Senti um gelo na barriga, como daquela vez que o Max foi atropelado na avenida.

– Quero ver. É meu padrinho, né?

– Então vá. Ele está no seu quarto. Até a gente resolver para onde vai, você fica com o Carlinhos. Bate na porta para ver se está acordado.

Nem reclamei. Nessas horas a gente não consegue achar ruim nem ter de ficar no quarto do irmão. Bati, a mão tremendo. A voz fraca e rouca dizendo "entra" me deu medo, mas o pior foi ter de procurar o tio tão bonito e alegre naquele homem muito magro, olheiras escuras, sentado curvo na cama, caderno na mão. Tinha um curativo na cabeça e a boca meio inchada do lado. Várias unhas estavam pretas, como a minha quando apertei o dedo na porta e doeu tanto.

– Nossa, tio, parece que você foi atropelado!

Disse, e logo percebi o fora que tinha dado, encabulando o tio Vina ainda mais. Devagar, ele colocou o caderno sobre a cama e deu uma risada estranha, que parecia arranhar a garganta.

– É, Rebelião. Fui atropelado, sim. Pela ditadura. A farsa negra!

Tio Vina tem essa mania maluca de me chamar de Rebelião. Segundo ele, é o que meu nome quer dizer. Maria. Foi ele quem escolheu. Me deu um abraço fraco e um beijo. Tudo nele parecia triste. Até os sapatos, muito velhos e sujos, com os calcanhares amassados, encostados junto da cama. Quem sabe se eu lembrasse de alguma coisa divertida ele se sentiria melhor.

– Sabe, quando você estava sumido, fiquei me lembrando daquele churrasco em que nos levou. Estava bêbado e subiu na mesa pra cantar "Guantanamera". Depois entrou na lagoa com roupa e tudo. Faz um tempão, lembra? Na chácara da Aidê.

Ele abaixou a cabeça, apoiando-a nas mãos.

– Aidê... Ela está morta, Maria.

– Tio, desculpa! Só digo besteira. Estava tentando falar de alguma coisa alegre.

Ele me olhou fixo, testa enrugada. Com uma das mãos segurou meu queixo.

– Não. Você não tem culpa de nada. Desculpe a mim. Por tudo. Pelo que ainda não fiz. Mas é por isso que eu luto, entende? Sabe que estou na luta, não?

– Mais ou menos...

– Sabe o que é uma revolução?

Eu não entendia bem. Cléo é que sabe essas coisas. Mas quanto mais ela fala, mais confusa eu fico.

– Acho que sim. Pra derrubar a ditadura, acabar com a repressão... pra ter mais liberdade, igualdade e fraternidade?

– Quase. Você está misturando com a revolução francesa. Deve ser a única de que eles falam na escola. Daqui a pouco vão proibir até essa.

– Tem a tal de 64, né?

Ele ficou bravo.

– Isso não foi revolução, foi um golpe de Estado, uma farsa! Olha, eu vou te contar uma história. Sobre um país chamado Cuba. Há alguns anos, pouco antes de você nascer, eles viviam numa ditadura. O povo não tinha nada. Então eles se uniram e fizeram uma revolução. Pegaram em armas para derrubar o governo que os oprimia e...

Ihhh... lá vinha ele com aquela conversa, como se eu fosse criança. Historinha... Como se eu não soubesse nem que existe um país chamado Cuba. Só não sei mais por que a tal ditadura proíbe tudo, cinema, livro, revista... Do jeito que o tio dizia, parecia tão simples! Mas estava na cara que era muito complicado. Gente morta, ferida, gente desaparecendo. Queria perguntar da Aidê, saber o que tinha acontecido. Mas tive medo e não consegui dizer nada. Tentei pelo menos encontrar um assunto que o animasse. Peguei no caderno em cima da cama.

– Posso ler?

– Ler? Isto? Se quiser... Não, espera, eu leio pra você.

Começou com voz fraca, a boca inchada tropeçando nas palavras. Depois, foi se empolgando. De pé, no meio do meu quarto, os olhos iluminados, parecia um cara que vi uma vez numa foto no meio dos livros dele.

Vivemos a idade das trevas,
A era de chumbo.
A rota é incerta, a névoa espessa,
Negro o terror, sangrenta a aurora.
Eis-nos de pé:
Filhos da angústia e da rebeldia,
Juventude ardente, pulsa a revolta.
Somos o poder da imaginação.
Amem-se, armem-se, atirem para viver:
Se Tirania é lei, Revolução é ordem.
E quando agonizarem nos escombros
Os cadáveres dos nossos algozes
Sequer uma lágrima restará.
Pois, nesse dia,
Há de a farsa terminar

Num grito de liberdade,
Num gesto de rebeldia,
Em trabalho, festa e pão.

– Ela é incrível. Ideologicamente um pouco confusa, mas... revolucionária! Na própria vida. Nunca conheci uma pessoa assim.

– Quem?

– Iara.

– Iara?

– Quer dizer, Aidê. Iara era o codinome dela. Foi ela que escreveu. Ela é tão bonita... – Esfregou a testa com as mãos, bateu com força as mãos fechadas nos joelhos. – Era. Você entendeu?

– Mais ou menos... Diz que a ditadura é sangrenta, a idade das trevas. Fala do fogo ardente da juventude. E que tudo que se pode fazer é lutar porque é melhor morrer que levar uma vida sem paixão.

O sorriso dele. Era o que eu queria ver.

– Tio. Posso pedir uma coisa?

– Se eu puder...

– Aquele cara, você tem uma foto. De barba, com uma boina de estrelinha?

– O Che?

– Che? Acho meio parecido com você. Dá aquela foto pra mim?

35

– Claro! Quando me lembrar onde está. Está escrito uma frase que eu quero que você se lembre.

Apanhou meu chapeuzinho de bandeirante, pendurado na cabeceira da cama. Olhou, passou de uma mão para a outra. Pensei que fosse implicar, chamar de organizaçãozinha fascista, mas não. Colocou na cabeça. Ficou pequeno. Aí botou na minha, puxou as abas para baixo e sorriu de boca inchada. Fez o que pensava que fosse a saudação bandeirante.

– Sempre alerta!

– Não, tio. Isso é escoteiro. *Semper parata*. Quer dizer sempre preparada.

Fiz a saudação com os três dedos.

– Assim ó: o minguinho em cima do dedão: o maior ajudando o menor.

Tentou, mas não conseguiu.

– Então tá. Sempre preparada para amparar os mais fracos. Bonito. Agora vai, Rebelião, que eu quero tentar dormir um pouco.

– Mamãe vem aí. Você vai ter que tomar injeção, viu?

O medo que o tio Vina tem de injeção é uma piada na família.

O ÚNICO LUGAR em casa onde posso ficar sozinha de verdade, sem ninguém para atrapalhar, é em cima desta árvore. Meu lugar mágico. Uma quaresmeira bem grande, facinha de subir e com vários lugares para ficar.

Sempre que estou muito triste, muito feliz, quando quero ler, pensar, sonhar acordada ou não fazer nada de nada, venho para cá. É onde me vêm as ideias mais legais. De uns tempos para cá, dei pra gostar de escrever:

Tudo é noite. A hora se aproxima, nada pode nos deter. Sob a lua triste esperamos em silêncio. Piero me encara, o olhar ardente:

– Lembre-se, eu sempre te amei.

Selamos esse pacto com um beijo. De repente, ouvimos tiros: fomos descobertos!

Ele salta como um tigre, disparando sua metralhadora. Corremos destemidos; podem ser muitos, mas nós temos o poder da imaginação, a juventude ardente.

Piero derruba dois, três, cinco, mas, quando a batalha já parece ganha, é atingido e tomba lentamente, negros cabelos ao luar. Vejo ao longe seu algoz; com um tiro certeiro arrebento seu coração covarde. Corro entre cadáveres até chegar a quem tanto amei. Beijo seus lábios manchados de sangue. Lágrimas escorrem pelo meu rosto e a chuva cai. Adeus, adeus, comandante Piero. Lutando pela liberdade, num sonho de juventude e paixão, você se foi como uma chama ardente. Sigo só, rumo ao horizonte, sem mais lágrimas, apenas...

– Mariaaa!!!

A voz da mamãe tem o incrível poder de me trazer para o chão, por mais alto que eu esteja voando.

– Desce daí, menina! Vem me ajudar.

Estava na garagem, no meio de uma grande bagunça de caixas, caixotes e papelada pelo chão.

– Ué? Não foi trabalhar?

– Não. Ainda bem que o Jorge entende. Precisamos queimar esses papéis do seu tio.

– Por quê?

– A gente não tem certeza mas pelo que seu avô ficou sabendo Vinícius pode estar sendo procurado.

– Vai queimar tudo?

– Não. Separei muita coisa. Os poemas e outras coisas que ele escreve estão nesta caixa, vou achar um lugar para esconder. Mas ele largou o carro aí cheio de panfletos, uma papelada comprometedora que é melhor não ter em casa.

– A polícia pode vir?

– Não sei, mas... melhor não facilitar.

Lembrei de uma cena que vi uma vez, num filme de nazistas. Sentia medo, mas também um gostinho de aventura

– Pode ir levando estes para fora.

Colocamos os papéis na churrasqueira. Mamãe despejou álcool e acendeu. Ficamos ali, lado a lado, jogando folhas e mais folhas no fogo, olhando as frases que queimavam. Uma era estranha: debaixo da foto de um homem jogado na sarjeta, a legenda dizia:

"SEJA MARGINAL, SEJA HERÓI."

– Me sinto mal de fazer isso, filha. Mas não tem jeito.

Ficou quieta. A fumaça ardia nos olhos. Esquisito é que eu estava gostando de estar ali com ela, calor no rosto, olhando o fogo na tarde. E a pergunta saiu.

– Mãe, tem uma coisa que não entendo. Esse negócio de beijo na boca.

Embora parecesse maluco, foi bom. Ela estava precisando pensar em qualquer outra coisa.

– Ué, pensei que você já soubesse. Nós conversamos. Quando as pessoas são adultas, se gostam, beijam na boca. Depois casam, tem filhos...

– Não é nada disso de filhos que eu quero saber. Só

de beijo. As meninas dizem que tem que pôr a língua. . .
Que não pode morder. . . Como é que aprende?

Ela riu.

– Você está namorando, Maria?

– Eu não.

– Ah, filha, não sei. Essas coisas. . . depende.
Quando você crescer mais um pouco, vai gostar de alguém, namorar. Aí, bom, acho que é uma coisa natural,
sei lá. Meu primeiro beijo foi com o seu pai. Eu era tão
boba. . . casei sem nem ter experimentado beijar outro.
Ainda bem que com você não precisa mais ser assim.

– E depois?

– . . . ??

– Depois que você e o papai se separaram, já beijou
alguém?

Nunca tinha visto mamãe tão sem graça. Ficou vermelha, roxa e azul.

– Bom. . . – sorriu. – No começo, não, mas. . . outro
dia, eu. . .

Bem nessa hora catei um livro que estava na caixa
e taquei no fogo. Na capa dizia: não sei quê do Partido
Comunista.

– Ô, Maria! O livro não!

Enfiou a mão no fogo e pegou o livrinho, já meio
chamuscado

– Chega a ser pecado, queimar um livro.

– Mas olha que é comunista, hein?

– Não faz mal. Vamos por numa caixa junto com os outros, bem no fundo da garagem. Vão ficar seguros, pode acreditar.

No meio dos papéis, a foto do tal do Che. Que homem lindo! Mais que um artista de novela.

– Mãe, esta foto o tio me deu. Posso guardar?

– Não.

– Ah, vá! Eu queria! A gente esconde com os livros.

– Melhor não, Maria.

E o pobre do Che teve de queimar num foguinho esverdeado. A legenda dizia: "É preciso endurecer sem perder a ternura", e fiquei pensando que devia ser uma coisa muito complicada. Vida doida!

Arrumamos os livros e uns poemas do tio no fundo do antigo berço do Caco, debaixo da máquina de costura. Quando íamos saindo, mamãe bateu a mão na cabeça.

– Quase ia me esquecendo de olhar no porta-malas!

Levantou a tampa da frente do fusca e espiou, mexendo lá dentro. Ouvi um barulho metálico, mas quando cheguei para espiar – bang! – ela bateu o capô bem depressa. Estava pálida.

– Que foi?... Mãe? Ô mãe! O que tem aí?

– Nada... Nada não, Maria, só... ferramentas.

E trancou o carro.

Depois de um dia desses, à noite minha cabeça estava a mil. Só conseguia pensar em desastres, sangue, atropelamentos. E o medo da Guerra Atômica. Caco, a mão pendurada para fora da cama, ressonava suave. Depois, acho que adormeci e tive um sonho muito estranho: um guerrilheiro italiano fugia numa bicicleta. Ou quem fugia era eu?

Acordei de madrugada sentindo falta do Gugu. Se alguém na escola ou na rua descobre que ainda durmo com esse urso encardido, vai ser o meu fim. Gozação para o resto da vida. Mas é uma coisa que tenho desde sempre; molinho, gostoso, cheirinho de conforto e paz.

Achei que, se entrasse bem devagarinho no quarto, tio Vina não ia nem perceber. Mas a porta estava aberta e a cama arrumada. Através da veneziana, vi luz acesa lá fora. E a voz do vovô, zangado, na garagem.

Catei o urso e pulei a janela. Escondida atrás de umas latas que tinham ficado da pintura da casa, podia espiar sem ser vista. De pé, diante de uma sacola de lona verde, vovô e tio Vina discutiam. Num banquinho, mamãe olhava.

– Paulo Vinícius, eu só queria saber o que deu na sua cabeça para trazer estas coisas para dentro de casa! Enquanto defendia suas ideias com palavras, por mais que eu discordasse, você podia contar comigo. Agora, não me venha pedir para compactuar com essa loucura.

E apontava a sacola.

– Se a Maria Lúcia não tivesse me dedurado, o senhor nunca ia ficar sabendo!

– Dedurado?! Veja como fala, Vinícius. Dedo-duro é o cara que estava infiltrado entre os seus amigos. Sempre fiquei do seu lado, mesmo quando não concordava. Até ajudei a esconder o Felipe daquela vez. Mas agora papai tem razão. Tudo tem limite. Eu tenho duas crianças! Imagine o Carlinhos, com a mania de mecânico que tem, de ficar trocando pneu de carro o tempo inteiro. Você acha que ele precisa da chave para abrir esse seu fusca?

– Desculpa, Malu. Não quis dizer... Eu não tinha intenção de largar isso aqui em casa. Não sou tão doido. Aconteceu. A gente estava dando apoio para uns companheiros que estão na clandestinidade e... Não é seguro ficar muito tempo no mesmo lugar. Alguém precisava fazer o transporte, que jeito? Eu era o único que tinha carro. Não tinha como dizer não. Só passei aqui porque era perto da hora do almoço e a Cida sempre guarda um prato pra mim. Mas quando tentei fazer contato com o pessoal que estava me esperando, atendeu uma voz desconhecida, queria saber quem estava falando. Desliguei depressa, com a pior das suspeitas: eles podiam ter caído. A ordem nessas horas é dispersar, mas... não pude. Sabia exatamente para onde a Iara... quer dizer, a Aidê. Sabia para onde ela estava indo, o risco. Pai, sei que foi estúpido, a coisa mais estúpida desse mundo, mas... O que o senhor queria que eu fizesse? Larguei tudo, tomei um táxi, fui atrás.

– Tudo bem. Você agiu como homem. Mas agora é melhor ir cuidar da sua vida.

– O senhor está me dizendo para pular fora na hora que as coisas ficam difíceis?

– Uma vez na vida, Paulo Vinícius, vê se pensa com o cérebro, não com o coração! Eu entendo, até admiro vocês serem revolucionários aos vinte e poucos anos. Ainda mais do jeito que este país está. É uma questão de idealismo, bons sentimentos. Acham que vão mudar o mundo... Tem sua beleza, seu valor. Eu também fui assim. Cheguei a ser preso, no tempo do Vargas. Mas vi tanta gente perder a vida, a saúde, a sanidade, lutando contra o regime, para quê? A história não é tão simples como vocês pensam.

– A história! Ora meu pai, não vê que estamos escrevendo hoje a história do futuro? A construção do socialismo passa por sacrifícios pessoais que...

– Chega! Vocês parecem um bando de meninos brincando de revolução. Repetindo palavras de ordem feito papagaio. Não percebe que não estamos em Cuba, nem no Vietnã?

– Brincando? Pensa que foi brincadeira, o que passei? E a Aidê? Pode imaginar? Se estivesse lá... Centro da cidade, meio do dia, cheio de gente, mas foi como se não houvesse... Ninguém mexeu um dedo! Cheguei a vê-la de longe, um meganha se aproximando. Tentei chamar a atenção de algum jeito, não consegui. Sei que foi burrice, mas tive que gritar. Iara, corre! Aí tentei fugir, mas dois gorilas me renderam.

– Está vendo? A coisa não está para brincadeira. Grupos muito mais organizados que o de vocês já caíram, os dirigentes estão mortos ou no exílio. Não enxerga? Filho, agora você sai do país. Vai para a Europa, para onde quiser, termina seu curso, espera as coisas se acalmarem para voltar. Acabou, Vinícius!

– Como, acabou? Parece fácil! Pego minhas coisas, vou embora e vivo feliz para sempre. Que ingenuidade! A luta está só começando. Alguém vai ter de pagar pelo que fizeram com a Aidê, com os outros. E, numa hora dessas, o meu próprio pai vem e me pede para ser covarde!

– Se é assim que você vê, peço sim. E acho que se sua mãe estivesse viva diria a mesma coisa. Mesmo que você tenha razão e eu esteja totalmente errado, prefiro ter um filho covarde vivo a enterrar um herói. Vê se entende, de uma vez por todas: se eles o soltaram foi porque eu fui lá, conversar, pedir para o Arquimedes. Sabe muito bem o quanto isso é difícil para mim. E ele insinuou, "sutilmente", que era melhor você sumir por uns tempos.

– Se eu soubesse que meu pai ia se rebaixar a esse ponto, preferia ter morrido na cadeia!

– Não fala besteira!

– Besteira? Eu ainda não terminei. Sabe que eles trouxeram especialistas do exterior para ensinar técnicas de tortura? Passamos esse tempo todo num porão sem janelas, apanhando. O mais enlouquecedor era que não perguntavam nada, ou quase. Sempre achei que poderia passar por interrogatórios, tortura até, mas aquilo era absurdo. Como se não quisessem obter uma informação, mas humilhar, arrasar. Sabem como fazer para demolir um ser humano. Coisas que não tenho coragem de dizer na frente do senhor e da Malu. E quando não estava apanhando, ouvia a Aidê gritar. Tinham prazer em bater em mulher.

– Tortura, assassinatos! Perderam totalmente o limite. Filho. Eu penso na Aidê brincando de boneca aqui neste quintal. Dezessete anos... até meninas!? Onde nós vamos parar?

Até meninas! Por que não fiquei quietinha na minha cama, dormindo sossegada como o Caco? Depois de tudo o que tinha escrito...

– Se fosse só isso, pai... Mas, depois de sei lá quantos dias, nos colocaram numa Kombi fechada e rodaram horas pela cidade. À noitinha, descemos num descampado. Disseram que o único comunista bom era o comunista morto. Primeiro bateram mais. Rindo. Depois, gritaram: "Corram, que a gente vai atirar". Corremos. Quando ouvi o barulho dos tiros, desmaiei. Fui acordar de novo na Kombi, sozinho. Um deles – nunca vou esquecer aquela cara – disse: "A sua amiguinha já era". Ah, pai, eu chorei, nessa hora. Aidê, a minha Dezinha. E depois disso tudo o senhor vem dizer que o seu primo milico está insinuando que eu devo fugir, porra!?

Plá! Tio Vina deu um soco no capô que chegou a amassar. Eu me assustei e tentei apoiar na parede, esquecendo completamente das latas.

Catrapum!!

– Quem está aí?

Tio Vina saiu correndo, para me encontrar estatelada no chão. Quase riu, estendeu a mão e entramos na garagem.

– Tudo bem, é só a Maria.

– Menina! O que você está fazendo acordada? Já para a cama!

– Não, mãe. Agora já ouvi tudo. Também sou da família, quero saber o que vocês vão decidir.

Finalmente pude ver o que havia na tal sacola. Já devia ter desconfiado, tão óbvio. Escuras, meio velhas, belas e aterrorizantes. Lá estavam silenciosas e, no entanto. . .

– São metralhadoras, tio?

– Fuzis.

Lembrei da Aidê brincando de escolinha comigo, eu era bem pequena. Deu uma vontade espremida de chorar e pensei no John Lennon: todos queremos mudar o mundo. Mas talvez o jeito mais bonito seja com palavras: livros, poemas, canções.

– Não quero que mais ninguém morra.

– Ninguém vai morrer.

– Como você sabe?

Claro que ele não sabia; foi mudando de assunto, me sentou no seu joelho e achou uma vozinha doce, doce, para falar comigo como não fazia há muito tempo. Achei que ele estava precisando, e deixei.

– Maricota! Você ainda tem esse urso! Lembra quem deu?

– Você.

– Sabe por quê?

– É meu padrinho.

– É. Mas tem outro motivo. Eu só tinha nove anos quando você nasceu. Mamãe tinha morrido há dois anos, eu ainda sentia muita falta. Foi ela quem me deu o Gugu. Fiquei tão feliz quando a Malu me chamou para ser seu padrinho! Pensei: agora sou grande, não preciso mais dormir com ele. E o dei para você.

Eu não conseguia parar de olhar os fuzis.

– Tio, agora você vai para a Europa, né?

Ele franziu a testa com força.

– É... Acho que não vai ter jeito. Olho você aí, de pijaminha, com esse bendito urso no colo, penso na minha mãe... Não quero morrer. Você acha que uma cara como eu, que tem medo até de injeção, vai conseguir ser um herói?

Olhou para o vovô. Suspirou, coçou a cabeça e começou a roer um canto da unha.

– Pai, acho que se falarmos com Frei Luigi... Eles tem um esquema para tirar pessoas do país.

– Não tem nada de Frei. Muito complicado. Você vai pelo contrabando.

– ?!

– São muito mais organizados que vocês. Têm *know-how*, experiência. Escuta. Eu tenho um conhecido. Sempre forneceu uns uísques aí, umas bobagens. Contrabandista de toda a confiança. E me deve uns favores. Você pega o avião dele amanhã até o Paraguai. De Assunção, um voo para a Europa.

Tio Vina esfregava a testa, confuso, mas nós já tínhamos decidido.

– Tio, não esquece de me escrever.

– Tá bom.

– E leva o Gugu.

– Não, Maria.

Enfiei o urso na mão dele.

– Leva. Você lembra de mim, da gente. Lembra da vovó.

Ele me olhou, riu, e começou a chorar.

25 DE NOVEMBRO, SÁBADO

APESAR DE TUDO, ontem voltei para a cama e tive um sonho incrível. Descobria o jeito certo de mexer os braços e voar. Planei sobre o bairro, toda a cidade, o mundo lá embaixo pequenininho. Flutuando, mergulhando. Acordei com o barulho do Caco se vestindo e enchendo os bolsos do macacão com a coisarada que ele carrega. Ah, não, cedo demais. Fechei os olhos com força mas não consegui voltar para o sonho.

Tio Vina nem desceu. Vovô já estava fumando, xicrinha de café preto na mão, escondido atrás do jornal. Mamãe, de cara amassada e os olhos inchados de quem chorou, tentava agir como se nada estivesse acontecendo. É o jeito dela de enfrentar as coisas ruins – e às vezes até prefiro que seja assim.

– Vai, Carlinhos, toma esse leite de uma vez! Como é que é? Ainda de pijama? Vamos nos arrumando rapidinho que já, já vou levar vocês para o clube.

– Mas eu pensei...

– Pensou o que, filha? Nas horas difíceis, o melhor que a gente faz é ir tentando levar vida normal. Ainda mais vocês, crianças. Caco, o leite! Está um dia lindo de sol, vão ficar trancados dentro de casa? Sofrendo pelos problemas dos adultos? Faz até mal para a saúde. O uniforme de bandeirante está passadinho no meu quarto, vai perder a reunião? Ô, Carlinhos, vira esse leite e não esquece o calção de novo! Depressa, gente, que hoje é o meu dia de pegar a Cléo e a Pati!

Era uma desculpa para se livrar de nós, mas confesso que gostei. Esse negócio de revolução pode até ser bonito, mas como cansa a cabeça da gente! Melhor é ainda ser considerado criança e ter como única obrigação, num sábado desses, aproveitar o dia e o sol.

Valeu a pena. Aquelas coisas de sempre, tão banais que a gente chega a esquecer como são boas. Só a reunião de bandeirantes foi mais ou menos. Acho que estou passando da idade. Mas a Cléo continua empolgada. As coisas mudam. Ou quem mudou fui eu?

No FIM DA tarde passamos no campinho. Nesse horário sempre tem um bando de meninos jogando bola. Ficamos na arquibancada batendo papo até que alguma mãe venha buscar. Pati falava sem parar sobre uma festa que vai ter no clube, sábado; que vai ter isso e aquilo, a roupa que vai usar, o sapato... Não podia perder a chance de nos cutucar.

– Pena que seja só para maiores de catorze anos. Vocês não tem idade para vir.

– E você? Tem, por acaso?

– Não, mas quase. E "por acaso" é a minha mãe quem está organizando a festa. E ela não vê problema nenhum em me trazer, tá?

Droga. Os adultos acham lindo eu estar um ano adiantada na escola. Que belezinha, doze anos na sétima! Chato é aguentar a Pati que me trata feito criança. Eu não estava nem pensando na tal festa, mas comecei a ficar morrendo de vontade de ir. Nem que fosse só pra mostrar pra ela.

Fui sentar meio longe. Cléo deitou na arquibancada ao meu lado, puxando o chiclete para fora da boca. O sol estava começando a baixar e um ventinho refrescava o calor do dia. De repente...

– Ma-ri-aaa!

Procurei com o olhar quem me chamava, sem achar.

– Ei! *Ciao*, Rossa!

Surpresa! Não é que o Luca já está enturmado em todos os lugares onde vou? Jogando no time do Tom. Parou um instante, sorrindo com aquele jeito desafiador dele.

– *Ciao*, Luca!

E a Cléo:

– Você vai embora? Pra quem está dando tchau?

– Estou falando italiano. Tchau quer dizer oi. Escreve c-i-a-o.

– Ué? E tchau, como se diz?

– Tchau mesmo, é igual. Parece boba.

– E como você sabe se a pessoa está chegando ou indo embora?

– Engraçadinha.

– Ha, ha. E quem é o cara?

– Meu vizinho novo.

– Bonitinho, né?

Taí. Não era a primeira a dizer. E eu ainda nem tinha conseguido reparar! Mas era a pura verdade. Simpático, meio metido e bem bonitinho. Mas foi ouvir essa palavra e as três xeretas deram um pulo.

– Quem?

Bem que a Cléo podia ter ficado quieta.

– Aquele. Vizinho novo da Maria. Italiano.

– O gordinho?

– Não! Cabelo preto. Shorts branco, sem camisa. Ó lá.

– Hmmm... criança. Nem catorze.

Para a Pati o mundo se divide entre pessoas com mais ou menos de catorze anos.

– Você está a fim dele, Maria?

– Eu...? Nem conheço direito.

Mas ao olhar para o Luca correndo no campo com os outros, comecei a reparar numas coisas que nunca antes havia notado num menino. O modo de jogar, o feitio das costas, dos braços. O corpo suado brilhando na luz do fim da tarde. Por pouco não gritei "gol!" na hora em que ele driblou o Zeca, entrou com tudo e desempatou o jogo. O outro gesticulava zangado, dizendo que tinha sido falta. Talvez, mas eu não estava nem aí.

– Maria, Cléo!

– Hã?

– Ô, Maria, acorda! Mamãe chegou. Vamos?

– Não, Pati, obrigada. Minha mãe vem nos pegar mais tarde.

– Não foi o que a minha disse. Hoje é o dia de ela vir buscar.

– Mas é o que eu estou dizendo.

– Então tá. Tchau para vocês. E cuidado com os italianos, hein? Ouvi dizer que são uns tarados.

– Não enche!

As três foram saindo de braços dados, dando pulinhos para acertar e desacertar os passos.

– Maria, sua mãe vem buscar mesmo?

– Não.

– E como nós vamos para casa?

– Andando, ora!

– Pirou? Leva mais de meia hora!

– Ah, Cléo, por favor. Não estou a fim de aguentar a conversa da Pati hoje. Só fica falando na tal festa que a gente não pode ir.

– Sei. Você nem estava ligando para isso. Quer é esperar o tal do Luca.

– E daí? Se for? Você não é minha melhor amiga? O jogo está quase acabando.

– Ih, Maria, é longe. Está tarde, minha avó vai ficar brava. Vamos? Se a gente correr, dá tempo de ir com elas. Ele nem é tão bonito assim.

– Ah! Você não vai me deixar aqui sozinha!

– Paga um sorvete?

– Tá bom. Chantagista.

O jogo terminou. Luca ainda ficou algum tempo por ali, falando com um e outro. Já estava quase me arrependendo de ter ficado. Cléo, com ar de tédio mortal, chupava a ponta do cabelo. Quando eu ia desistindo e dizendo para irmos embora, ele olhou para mim. Sorriu, jogou a camiseta no ombro e veio na nossa direção pulando os degraus da arquibancada. Senti uma coisa estranha, feito cólica no coração, vontade de fugir correndo e, ao mesmo tempo, ficar.

– Oi!

Fiquei procurando o que dizer:

– Oi... Hã... Esta é a Cléo. Aquele dia eu estava indo lá. É... Minha professora de inglês é a avó dela.

– *Oh, yeah! Great. Are you girls coming to the party, next week?*

– Hein?

– A festa, Maria – sussurrou a Cléo. – Quer saber se você vem.

Precisava perguntar isso? Se eu dissesse que só tinha doze anos, ele ia me achar uma tremenda de uma criança.

– Não sei... Preciso falar com a minha mãe.

– Ah!... Ó, meu: estou supersuado, vou tomar banho. Vocês vão ficar por aqui?

– Não! É tarde, estão esperando a gente em casa. Não é, Maria?

– Então tá. Até mais.

Caminhou um pouco e olhou para trás, acenando com a camiseta.

– *Ciao, bella!* Gostei do uniforme.

– Sorriso metálico – disse a Cléo, caindo na gargalhada.

– Para! Vamos embora.

– E o sorvete?

Escurecia. Como é que até agora eu não havia percebido que o Luca usa aparelho fixo? Mais uma coisa para me infernizarem caso viessem a descobrir que eu estava gostando dele. Pronto! Pensei aquilo que ainda não tinha tido coragem. Estou gostando do Luca. Que engraçado, gostar. Assim, de alguém. Do Luca.

– Você viu? Ele usa corrente de santinho no pescoço, feito menininho. Coisa mais antiga!

– Ih, que maldade. Como você está, hein?

Cléo nunca ia entender. O que eu estava gostando no Luca era exatamente aquilo com que ela implicava. Não um detalhe como o cabelo ou a cor dos olhos, mas o jeito todo dele. O ar meio metidinho. O modo de mascar chicletes. Até o aparelho ficava charmoso. E foi ouvir falar na correntinha que lembrei de como ela passa por cima do osso do ombro dele, largo e um pouco saliente, fazendo uma curva sobre a pele lisa, dourada do sol. Vontade de passar a mão. Pensei e fiquei com medo que a Cléo lesse isso no meu rosto.

– Que foi, Maria? Você está com uma cara!

– Nada, não.

– Você viu como ele te chamou? Tchau, bela! Que bestinha!

– Ai, Cléo! É modo de falar. Na Itália é assim.

– Na Itália! Agora pra você tudo é Itália? Por isso que ele fala inglês com um sotaque esquisito, "ô meu".

– O que deu em você? Nem conhece o menino e já está implicando? No começo, bem que achou ele bonito.

– Pois já deu pra perceber que é um tremendo de um metido. Não viu aquele gol? Não valeu, foi falta. Ele puxou o Zeca pela camisa.

– Foi nada. Você não estava olhando.

– Você podia até estar olhando, mas não estava vendo. Eu vi. Além do mais, é arrogante e pretensioso. Será que não pode falar português?

Cléo, quando quer ofender, capricha. Ainda bem que estávamos chegando, ou eu era capaz de brigar. Estava escuro e dona Ágata esperava na janela, com uma cara... Bronca, na certa. Na minha não foi diferente.

– Maria, onde você estava? Por que não voltou direto com a Nanci?

– Fiquei conversando mais um pouco com a Cléo. A tarde estava tão bonita que resolvemos voltar a pé.

– O que deu na sua cabeça? Parece que não percebe. Com todas as preocupações que tivemos esses dias! Um dia some um, no outro você desaparece...

– Ô, mãe, que exagero, meia horinha...

– Meia horinha? Está pensando que pode chegar em casa a hora que bem entende? Já escureceu! Será que não basta um maluco nesta casa, agora você também vai fazer o que der na telha, sem pensar nos outros? Eu aqui, morrendo de preocupação e você solta no mundo? Tenha a santa paciência!

– Mãe, eu pensei. . .

– Pensou coisa nenhuma. Se pensasse, tinha voltado para casa.

– Mas. . .

– Chega! Vá tomar banho para jantar, antes que eu. . .

Saí rapidinho, embora saiba que ela ameaça, mas não cumpre. Mamãe ficou resmungando:

– Êêê. . . . dureza! Quem anda precisando fazer uma boa duma revolução aqui sou eu. . .

Em toda a casa, não havia mais sinal do tio Vina. Até o fusca tinha sumido da garagem. E justo nesse dia alguém ainda encontrou tempo para plantar uma mudinha de árvore no quintal. Estranho. Ao lado da jabuticabeira, no meio de um círculo de terra revolvida, o pé de mexerica espichava três galhinhos mirrados para o alto.

26 DE NOVEMBRO, DOMINGO

DROGA DE VIDA, inferno! Mamãe às vezes tem umas ideias...! Tinha de inventar de ir passar o dia no sítio da Gigi. Nem passou pela cabeça dela perguntar se eu tinha outros planos.

– Mas Maria, você sempre gostou tanto! Piscina, pingue-pongue, um monte de crianças...

– Um bando de fedelhos.

– E o Guto? Sempre foi seu companheiro, vocês brincavam tanto juntos!

– Ih, mãe, é um pirralho! Chato! Do que eu vou falar?

– Do que vocês sempre conversaram?

– Eu fico, vou ao clube com a Cléo. Me deixa na casa dela?

– Que paixão é essa com o clube, agora? Não faz nem um ano eu quase tinha de obrigar você a ir. Na casa da Cléo não vai dar. Não posso pedir a dona Ágata pra ficar tomando conta de você.

– Não preciso de ninguém tomando conta.

– Quer que eu ligue para a Nanci e pergunte se você pode passar o dia com ela?

– Não!

O domingo com a família da Pati é insuportável. Tio Hugo não dá um minuto de folga e todo mundo tem de fazer tudo junto. No fim da tarde, depois que já tomou um monte de caipirinhas, quer que a gente sente no colo dele. Para não falar dos dias em que sai briga...

– Prefiro morrer! Fico em casa, vou ao clube de bicicleta.

– Escute aqui, Maria: depois do que aprontou ontem você não tem o direito de pedir nada. E sabe muito bem que no domingo seu avô gosta de almoçar com os amigos, tomar uns uísques, só volta no fim da tarde. É o único dia que ele sai para se divertir e, depois da semana infernal que passou com essa do seu tio, merece relaxar um pouco. Era só o que faltava, pedir a ele para ficar em casa cuidando de criança!

– Eu não sou criança!

Corri para o quarto, bati a porta. Ninguém me entende nessa casa. O que custava fazer um pouco a minha vontade? Mas se ela está querendo passar o dia fofocando com a Gigi, sou obrigada a ir junto. E não teve jeito. Lá fomos nós com o carro cheio de bagulhos, cesta de piquenique, colchão de ar, até máscara de mergulho o Caco quis levar. Não sei por quê, mergulhar naquela piscininha rasa. Pra ver a cara dos ladrilhos? Grande porcaria. Se eu tivesse um sítio, teria cavalos. Isso sim. Por que não posso ter um cavalo?

Depois, não foi assim tão ruim. Fiquei até meio arrependida de dizer aquelas coisas sobre o Guto. Pelo menos ele percebe quando a gente não está a fim de papo. Boa companhia para quando se quer ficar sozinha. Quietos, lendo todos aqueles livros do Tintim que ele tem.

No CARRO, de volta, mamãe tinha de fazer uma observaçãozinha idiota:

– Bem que você podia namorar o Guto...

– Mãe, pirou? Não tem nem doze anos! Vê lá se eu vou querer namorar ele!

Carlinhos, que até então parecia estar dormindo, começou com gracinhas:

– Namorado! Namorado!

– Olha o que você fez! Agora tenho de aguentar o Caco me infernizando por causa disso! Imagina se alguém ouve?

– Alguém...? Que alguém, Maria?

– Ninguém! Sei lá! A turma, as meninas, a chata da Pati. Vão ficar pegando no meu pé. Inferno!

– Maria, o que deu em você? Desde ontem está insuportável. Parece que eu não posso falar nada!

– Também, olha as coisas que você diz. Não pensa?

– Será que dá para tratar como adulta uma pessoa que age desse jeito?

– Se você me tratasse como adulta eu não teria ido para o sítio e isso não estaria acontecendo.

Nove horas e aqui estou, solitária neste quarto, nada para fazer. Todo mundo está fazendo alguma coisa, se divertindo, menos eu. Cléo foi jantar fora com a avó. Elas sempre jantam fora. Eu, nunca. Só quando meu pai resolve aparecer muito de vez em quando. E aí tenho de aguentar as namoradas que ele arruma. Depois que se separou, deu para ficar *playboy*. Nunca é a mesma. Caco adora, mas eu... Troco os nomes delas de propósito. E só. Droga. Vou dormir para ver se tenho outro sonho bom daqueles.

28 DE NOVEMBRO, TERÇA

HOJE AMANHECEU NUBLADO. Eu, cinzenta por dentro. Queria ficar na cama, quietinha, não ter de ir para lugar nenhum. Sei lá por quê. Nem quero saber. O dia começou estranho, com cara de que ia desse jeito até o fim.

No almoço, dobradinha. Só vovô adora. Parece que estou comendo toalha. Para completar, aula de inglês. Eu geral, gosto, mas hoje não estava a fim de pôr a cara na rua, encontrar ninguém, muito menos o Luca. O que eu ia dizer, se ele me perguntasse sobre a tal festa? Mas se eu não aparecesse, com certeza dona Ágata ligaria para mamãe.

DECIDI FAZER um caminho diferente. Dei uma volta enorme e peguei aquele subidão para não arriscar encontrar algum conhecido. Torci para a Cléo estar em casa; poderíamos ficar conversando. Depois ela me convidava para jantar e eu pedia a mamãe que viesse me buscar, bem mais tarde. Que nada. Tinha ido visitar uma pessoa que veio de Londres trazendo um presente do pai.

Felizmente, na volta era descida. Vinha deslizando desligada, quando...

– Ei, Maria!

Ah, não! Luca! Na esquina de baixo. Fingi não ter ouvido e virei na primeira rua pedalando forte. Mas ele veio subindo atrás de mim e teria me passado fácil, se quisesse. Entramos juntos naquela curvinha do cotovelo. Querendo fazer graça, ele me fechou. Olhou para mim, sorriu e – blóft! – entrou com tudo na guia.

– Luca!

Voou por sobre a calçada, por pouco não beijou o poste e foi se esborrachar do outro lado. Sentado no meio-fio, cara de dor, segurava o joelho esfolado.

– Machucou?

– Ô, meu! Preciso me arrebentar pra você falar comigo?

– Deixa eu ver. Está sangrando.

Sem pensar, segurei a perna dele.

– Tá doendo?

Sorriu aquele sorriso.

– Agora não está mais.

Tirei a mão depressa. Coração na barriga, virando cambalhotas.

– Convenci o velho a me dar uma mobilete no aniversário de catorze anos, mas mamãe não quer nem ouvir falar. Diz que já me quebro o suficiente de bicicleta.

– Cê tem treze?

Ainda bem.

– Hãhã. E você está achando que não vai naquela festa porque só tem doze.

– Como você sabe?

– Sei. Descobri.

– Mas faço treze logo. Dezoito de dezembro.

Ele riu.

– Qual a graça?

– Junto com o Keith.

– Quem?

– Keith Richard, dos Rolling Stones.

– Ah.

– Faz uma coisa. Me dá tua carteirinha do colégio. Mudo a data de nascimento, pronto.

– Eu e a Cléo tentamos falsificar uma vez. Passamos o maior vexame na porta do cinema.

– Não é para qualquer um. Tem que ter técnica. Você vai ver só que classe.

– Faz a dela também?

– Por que menina precisa andar sempre com uma amiga pendurada?

– Sozinha é que eu não vou.

– Tá bom, as duas. Mas agora quero te ver naquela festa, hein?

Soprou o joelho. A pele esfolada ardeu como se fosse em mim. Tanto, que soprei também. Ele mordeu o lábio.

– Arde?

– Bobagem. Viu o que eu faço por uma ruivinha?

A mão dele esbarrou na minha e parou. Senti o rosto ficar da cor do cabelo. Tirei a mão depressa e comecei a arrumar a maria-chiquinha que estava caindo.

– Que calor!

– Você está suando.

– Você também.

Sorrisos. Silêncio. Podia ouvi-lo respirar.

– Luca, preciso ir.

– Não esquece a carteirinha.

– Amanhã.

– *Ciao*, Rossa.

EM CASA, mamãe se espantou.

– Vai entender essa idade! Passou três dias amarrando um burro do tamanho de um bonde, agora está aí, cantando.

– Me empresta o creme rinse?

– Mas não vai usar o vidro inteiro, hein?

30 DE NOVEMBRO, QUINTA

CHEGUEI DA ESCOLA e a Cida veio com um envelope.

– Um menino deixou para você. Um tal de Lucas.

– Não é Lucas, Cida. Luca.

– Tá, Maria, Lu-cá. Esse que é o filho daquela francesa que mudou aqui para a rua? Naquela casa que era da dona Adélia? Uma bonitona, morena? Que tem um Galaxy branco? Diz que também é desquitada. Vocês estão namorando?

Mesmo mal informada, a Cida é uma das pessoas mais fofoqueiras que eu conheço.

– Que namorando! Nem conheço o menino direito! E não são franceses, são italianos, tá?

– Nem conhece e ele veio aqui trazer uma carta. Sei... Pra mim, é carta de amor. Cheira pra ver se está perfumada.

– Ih, Cida! Que bobeira! Você está lendo muita fotonovela!

– E você, não?

Corri para o quarto. Não tinha carta, bilhete, nada – só as carteirinhas. Não é que o danado era bom mesmo? Perfeitas.

Cléo examinou a carteirinha de todos os ângulos possíveis. Ergueu os olhos e suspirou.

– E agora eu vou ter de ir com você nessa bendita festa? Ma, diz só uma coisa: o que eu vou fazer lá?

– Sei lá. Dançar?

– Dançar, eu? E se ninguém me tirar?

– Você acha mesmo que nenhum menino vai tirar a gente?

– Não disse a gente. O chato do Luca está todo assanhado pro seu lado.

– Não é nada disso.

– Pois está. Mas e eu? Escuta: vou se você prometer que só dança se eu dançar.

– Só faltava essa. Que adianta eu prometer se você sabe que não vou cumprir? O Dani vai, sabia?

A Cléo gosta dele desde a quinta série.

– Quem disse?

– Ele mesmo. Vai com o Tom, Akira... os meninos lá da rua.

Só para não dizer com o Luca. Ela fez bico.

– Mas o que a gente vai dizer em casa? Nunquinha minha avó vai me deixar sair à noite para ir a uma festa que não é para a minha idade. Se ainda o papai estivesse aqui...

– Diz que vai dormir lá em casa.

– E você, diz o quê? Lembra o rolo que deu com a irmã da Pati? Todas disseram que iam dormir umas na casa das outras. Aí a Nanci ligou para a mãe da Lica para dizer que a Suzi tinha esquecido a escova de dentes.

Ô se eu lembrava. Foi o assunto do mês na escola. As sete foram pegas numa boate pelo tio Hugo. Dizem que a Suzi passou uma semana sem poder sentar. Mas nem aquela festa era tão proibida como boate, nem minha mãe era igual ao pai delas. Eu teria que dar um jeito.

– Olha, Cléo, se preocupe com a sua avó que lá em casa eu me viro, tá, meu?

– "Meu"...? Já está ficando igualzinha ao Luca. Metida. Só quero ver você convencer a Malu. Ainda mais agora. Olha, Maria, não quero que você fique chateada, mas... não acha que está sendo um pouco... alienada?

– Como assim?

– Depois de tudo o que aconteceu com seu tio, você ainda tem coragem de ficar pensando em festa?

Será que sou tão má?

– O que você queria que eu fizesse? Afinal, ele está bem, já foi embora, até telefonou. Deu tudo certo. Será que tenho de ficar trancada em casa, chorando?

– Não é isso. Mas com aquela história horrível da Aidê, você não sente remorso?

– Cléo! Quer que eu me sinta culpada? Mamãe mesma disse que nessas horas é melhor a gente tentar levar vida normal. E meu avô falou que não tem nenhuma prova de que ela esteja morta. Tio Vina desmaiou, não viu nada. Desaparecida.

– Faz alguma diferença?

– Sei lá. Eu gostaria que existisse algo que duas meninas como nós pudessem fazer, que fizesse diferença para ela. Mas você sabe muito bem que não é assim. E, pelo que eu conheci da Aidê... Sempre gostou de festa. Diria para a gente ir, se divertir por ela. Fala a verdade. Bem que você achou legal, a carteirinha.

– Tá, achei. Desculpe, Maria, mas é só que eu acho o Luca...

– Escuta, você não conta pra ninguém o que vou perguntar?

– Hãhã.

– Você acha mesmo que ele está gostando de mim?

– Eu não disse gostando...

– Tá, eu sei. Mas por quê?

– Sei lá! O jeito que ele fica quando você está perto: metido, faz de tudo para aparecer.

– Ele não é metido.

– Como não? É o menino mais besta, exibido e arrogante que já vi. Fala inglês pra lá, italiano pra cá, falsifica carteirinha, sempre botando banca de bacana. Não sei o que você viu nele.

– Mas será que ele gosta de mim?

– Como eu vou saber? Pergunta pra ele!

Falei, falei, mas não fazia ideia de como ia convencer minha mãe. No começo tinha mesmo pensado em mentir como a Suzi. Mas era o tipo da mentira burra. Bastava uma escova de dentes, uma calça de pijama. O jeito era tomar coragem, dizer a verdade, arriscar ouvir um não. Mamãe é tão...! Imagine se ela ia achar certo esse negócio de falsificação. Era até capaz de me proibir de andar com um menino daqueles.

Depois do jantar ela me chamou do quarto. Com a carteirinha na mão. Gelei. Droga, que cabeça, por que não escondi? A prova do crime, em cima da escrivaninha. Fiquei esperando que ela dissesse a coisa horrível que eu estava fazendo e me pedisse para – na frente dela e muito honestamente – rasgar aquela carteirinha. Tudo acabado. Adeus festa, adeus Luca.

– Maria, como nunca fiquei sabendo que você tinha nascido antes de eu casar?

Não sabia o que dizer. Mas ela ria. Começou a contar de coisas que fizera quando tinha a minha idade. Estava se divertindo!

– É para ir ao cinema?

– Numa festa. No clube. Sábado.

– Mas por que não falou logo? É a Nanci que está organizando essa festa. Perguntou se você queria ir, fazer companhia para a Pati, mas com esse rolo do seu tio acabei esquecendo. Pati não disse? Claro que você pode ir. E a Cléo? Quer que eu fale com a D. Ágata?

Vá entender minha mãe. Quase sempre faz o contrário do que a gente está esperando.

E agora vou mesmo, não sei se sinto alívio ou pavor. Vai estar cheio de gente mais velha. O que nós vamos fazer lá? Dançar? E se o Luca não for? Que roupa vou usar? Revirei o armário. Nada que preste. Não posso ir a essa festa!

2 DE DEZEMBRO, SÁBADO

Não sei o que está acontecendo com a Cléo. De uns tempos pra cá nossa amizade mudou. Não nos entendemos como antes, não concordamos em nada! Só quer falar dos assuntos que interessam a ela; quando é coisa minha, fica irritada e crítica. E eu também ando cansada das conversas dela.

Hoje eu estava bem feliz. Fiquei um tempão no sol do fim da tarde, deixando os cabelos secar soltos e cacheados. Usava um vestidinho azul claro curto, alças trançadas atrás, que mamãe apertou para mim. Diante do espelho, passava brilho nos lábios. Cléo? Nem parecia que ia a uma festa. Vestida como sempre, calça Lee de anteontem, rabo de cavalo e o Bamba imundo que ela não descalça, colocava e tirava da cabeça um chapéu maluco que o pai mandou de Londres.

– Você vai assim, Cléo?

– Não está bom? Tinha graça, eu ir a essa festa toda embonecada.

– Quem disse que estou embonecada?

– Não falei você. Ficou legal, esse vestido.

– Era da mamãe. Quer brilho?

– Não. Será que vou com esse chapéu?

– Vai. É legal. Gostei.

A tonta atirou o chapéu em cima da cama.

– Vamos?

Às OITO mamãe parou o carro em frente ao clube e ficou nos esperando entrar.

– Venho buscar às onze e meia. Não vão esquecer.

– Ah, mãe!

– Preferem voltar com a Nanci? Ela deve ficar até mais tarde.

– Não, onze e meia está bom.

Se decidíssemos ficar com a Nanci, ela ia achar que tinha de tomar conta da gente. E adeus liberdade.

No salão, as mesas haviam sido afastadas para os lados, deixando espaço para dançar. Com a iluminação, tudo parecia escurinho e misterioso. Tocava baixo uma música meio antiga.

– Ih, Cléo, é muito cedo. Não tem ninguém!

– Engraçado, né? Disseram que começava às oito.

– Vamos dar uma volta.

Passamos no bar e pedimos dois guaranás. Saímos. Logo enjoamos de andar sozinhas pelo clube à noite. Ficamos na entrada, sentadas no murinho, esperando que aparecesse alguém conhecido. Chegou a Nanci com as filhas: Beti, Suzi e Pati.

– Meninas! Malu avisou que vocês vinham. Vamos pegar uma mesa?

Melhor com elas do que na porta, com cara de boba. Nanci pediu um uísque, mais refrigerantes e batata frita que a Cléo atacou. Eu, era como se tivesse um ioiô na barriga. Beti bocejava e o namorado dela bebia mais uísque. E tome escutar o papo da Pati.

– Aposto que vocês nunca tinham ido a uma festa como essa. Pois eu vou desde que tinha onze anos. Já fui até numa boate. Mamãe deu uma gorjetinha para o porteiro, tudo bem. Também com três filhas, sempre tem de levar uma aqui, outra lá. Eu acabo aproveitando. Mas vocês só devem conhecer essas festinhas de garagem lá da rua da Maria, né?

A idiotinha. Falava "buatchi", chiando, se achando muito sofisticada. E qual o problema com a turma da minha rua? Nossas festas eram bem mais divertidas do que aquela chatice. Quando não saía briga por causa dos discos.

– É Pati. Mas mamãe me deixou vir sozinha. Vem buscar à meia-noite. Tem muita confiança em mim.

E a Cléo, de boca cheia.

– Minha avó também.

Hahá. Dessa vez, nós pegamos ela.

Pouco a pouco foi chegando mais gente. Ninguém conhecido, pelo menos da nossa idade. Suzi com os amigos, todos do colegial, queria a gente bem longe. Dez para as nove e o Luca, nada. Felizmente, nessa hora chegaram Bebel e Debi e fomos dar uma volta. Bem que a gente tinha vontade de dançar, mas cadê coragem?

Sozinhas? Eu não tirava os olhos da porta. E o Luca, nada.

– Maria, nove e meia. Acho que ele te deu o cano.

Vontade de socar a Cléo.

– Você tinha de falar isso? Pensei que fosse minha amiga.

– Amiga, eu sou. Mas também sou realista.

Talvez ela tivesse razão. Tanto trabalho e ele não ia aparecer. Começou a tocar a música da novela e me deu dor de barriga.

– O Dani também não veio.

– Mas eu não combinei nada com ele.

– Nem eu combinei nada com o Luca.

– Não, é?

– Gente, vamos até o banheiro?

No caminho. . .

– Maria!

– Luca.

Os dois ali parados. Olhando. Rindo. Nada para dizer. E era bom.

– Você. . .

– Anda, Má!

– Empacou?

– Parece que vai enganchando. . .

82

Que fazer? Se fosse deixava ele; se ficasse elas não iam parar de encher. Luca sussurrou:

– Vai. Mas volta logo. Te espero.

O BANHEIRO das meninas estava uma confusão. Entramos para aumentá-la.

– Vocês viram o italianinho que a Maria está paquerando?

– Quem te disse que estou paquerando ele, Pati?

– Precisa dizer? Está mais que na cara. Você só falta babar.

– E daí? Se for? Problema meu.

– Problema mesmo, se gosta de molequinhos com sorriso metálico. Só quero ver na hora de beijar. Logo você, que morde... Seus dentes vão enganchar no aparelho. O beijo fatal!

– Pati, sua tonta. Você fala de mim mas é apaixonada pelo Alex que nem te olha. O Luca, pelo menos...

Olhei para a Cléo em busca de apoio. Torcendo as pernas na fila do xixi, a bestinha imitou o sotaque italiano:

– Bela, tchau! Vem cá que eu vou te mostrar o que é um beijo de gancho, meu!

Ô, ódio! Saí, bati a porta. Fiquei meio assim, ali sozinha, mas que se danasse. Tinha vindo para encontrar o Luca e era o que ia fazer. Não foi difícil. Ele estava perto do bar, copo na mão.

– Voltei.

Metade da boca sorriu.

– *Neanche mi hai lasciato dire che sei molto bella.*

– Quê?!

– Linda! Você tá linda. Ainda não deu para perceber que eu gosto de ruivas?

O que a gente diz, numa hora dessas? Você também está lindo? Lindo é o seu jeito de falar? Será que uma menina pode dizer uma coisas dessas?

– Obrigada.

– *Wanna drink?*

Ofereceu o copo e eu dei aquele golão. Aaarrgh! Os olhos se encheram de lágrimas e senti o rosto em fogo. Ele ria.

– Que é isso?

– Gim-tônica, ué. O que você pensou que fosse?

– Soda limonada.

– Você ficou vermelha. Quer uma soda?

– Hãhã.

– Espera aí.

Fiquei olhando para ele apoiado no balcão, falando com o garçom. Voltou com um copo. Parecia soda mas tinha cubos de gelo e uma rodela de limão na borda. Devo ter parecido muito desconfiada:

– Pode tomar. É soda limonada, juro. Só mandei por limão e gelo pra ficar bacana. Parece um drinque.

– Legal. Mas não entendo como você consegue tomar aquela coisa.

– No começo é ruim, mas a gente se acostuma. Depois fica se sentindo legal, relaxado. Você devia experimentar.

– Mas é proibido. Como eles servem para você?.

– Eu consigo tudo o que quero, meu.

Sorriu um quase sorriso, os olhos meio fechadinhos me encarando. Piscou. Tremi toda.

– Seu pai deixa?

Fez uma cara que não sei se era de mau, bravo ou triste.

– Meu velho está muito longe.

– Sei. Os meus também, quer dizer... É que como em geral eu sou a única que tem pais separados, nunca penso que, com os outros, também...

– Tudo bem. Deixa pra lá.

Ficou tomando calado o tal gim-tônica. Estranho. Num momento, ele era atirado, seguro, até um pouco metido. De repente, ficava calado, quieto, o olhar longe... Será que eu tinha dito alguma bobagem? Tocava a música do filme *Romeu e Julieta* e bem que eu quis que ele me tirasse para dançar. Tentei uma indireta:

– Adoro essa música.

Torceu o nariz.

– Você viu o filme?

– É até catorze anos.

– Agora já dá para ir. Com a carteirinha que eu te fiz.

– Quando passar de novo.

– Vi esse filme em Londres, com minha mãe. Tinha dez anos. Nem queria ir, achei que ia ser baboseira. Depois gostei. Cada cena de luta...! E a catacumba é demais. Chato aqui no Brasil é esse negócio. Tudo é proibido. Parece que se você não fez catorze anos só pode assistir Bambi.

– É... a ditadura. Você morava na Itália?

– Na Itália, depois na Inglaterra. Fiquei um tempão lá. Colégio interno.

– Por isso você fala inglês.

– Pelo menos pra isso valeu. Mamãe é italiana, mas nasceu, tem família, aqui. Agora resolveu voltar. Mas não quero falar nisso, Maria. É uma história complicada.

– Não gosta daqui?

– Adoro! Sabia que tem mais gente da nossa idade? São outras coisas que... Ah, vá, esquece.

– Sei. Quando meu pai...

– Escuta, você está gostando dessa festa?

Pela cara ele estava odiando. Será que tinha alguma coisa a ver comigo? Dei de ombros.

– Sei lá.

– Pode falar. Eu fiz tudo aquilo pra te chamar pra uma festa imbecil. Careta.

– Também não é assim.

– É horrível! Essas músicas. . . ! Se fosse eu. . .

– Fazia o quê?

– Ah, um tremendo de um som. O mais importante numa festa. Muito Rolling Stones.

Droga. Lá vinham Cléo, Pati e Bebel.

– Vamos fumar lá fora, Maria? Minha irmã me deu um cigarro americano.

– Agora não.

– Deixa de ser chata! Olha, é melhor você ficar com a gente, porque mamãe já está querendo saber quem é esse menino que não desgruda de você.

Que mentira! Não desgruda. . . Não fazia nem meia hora que nós estávamos conversando.

– Não enche, Pati.

Luca olhava para elas com as sobrancelhas erguidas. Tirou do bolso o maço.

– Alguém quer fumar?

Ninguém aceitou. Ele estalou o isqueiro quadradinho, acendeu um e soprou a fumaça para o alto. Segurava o cigarro entre os dentes, fazendo uma cara engraçada. Pati olhou meu copo com olhos arregalados de espiã.

– Que é isso que você está tomando?

Virei o último gole rapidinho para ela não poder pedir para experimentar.

– Gim-tônica.

– Olha que a sua mãe pode ficar sabendo. . .

– Só se você contar.

Bebel interviu:

– Pati, deixa ela. Por que não se preocupa com a sua irmã?

– Que tem minha irmã?

– Já tomou três cubas e está lá fora dando uns malhos com o Paulão.

– Malhos? – perguntou a Cléo.

– É, beijando na boca e se agarrando.

Será que elas não percebem que não se fala dessas coisas na frente dos meninos? Luca fez uma careta.

– Vamos dançar.

Me puxou pela mão na direção das pessoas que dançavam, mas desviou junto ao balcão. Saímos pela porta de trás, corremos no escuro, pulamos a cerca da piscina.

– Essa sua amiga é muito chata. Como você aguenta?

– A Pati não é bem amiga. Conheço desde criança. Acho que nunca vou conseguir me livrar dela.

Sentamos junto da água azul, dando risada. Ele segurou na minha mão e foi como se eletricidade passasse de um para o outro. Meu rosto ficou quente, eu sentia o coração nas pontas das orelhas e só queria ficar olhando aqueles olhos escuros. Passou um tempo, não sei quanto.

– Quer namorar comigo?

Era tudo o que queria ouvir, mas, e se dissesse que sim?

– Vou pensar.

– Tá certo. Eu espero. Mas pensa logo. *Domani.*

– Amanhã?

– Maria! Estou feito doida procurando você.

– Cléo?

– Sua mãe chegou. Vamos.

– Já?

– Quinze pra meia-noite!

– Tem que ir, já?

Ergui os ombros

– Minha mãe está aí.

– Tudo bem. Também já vou. Essa festa perdeu a graça.

– Quer carona?

– Não. Vou andando. *Cosi penso un po.* Não esquece, hein? Amanhã. Vou ficar esperando.

3 DE DEZEMBRO, DOMINGO

CHEGAMOS EM CASA ontem com a Cléo desabando de sono. Murmurou alguma coisa sobre amanhã sei lá o quê, agarrou o travesseiro (tem essa mania) e apagou. E eu tinha tanta coisa para conversar! Para variar, não conseguia pegar no sono. O cheiro do Luca tinha ficado na minha pele. Na cama, sob o lençol, podia imaginá-lo, falando italiano, o gosto forte do gim-tônica, calafrio da sua voz no meu ouvido.

Mesmo não tendo dormido nada, acordei cedo. Cedo demais. Chamei pela Cléo mas ela estava num sono profundo: resmungou e segurou o travesseiro na frente do rosto. Nessas horas é impossível acordá-la; insistir seria comprar briga.

– Molenga, vou pegar a bici e dar uma volta. Me encontre na praça quando resolver levantar.

Às vezes andar de bicicleta pode ser como voar. Veloz, pelas ruas vazias do bairro num domingo de manhã, posso ser o que quiser. Só depois criei coragem para passar em frente à casa do Luca. E dei de cara com ele sentado no muro. Gelo na barriga. E agora? Ia ter de dar a resposta. Pernas bambas, confusão, coração disparado.

– *Ciao*, Rossa!

Tremi por dentro quando ele falou assim. Estendeu a mão, me ajudou a subir. Lado a lado no muro de pedra, a gente se olhava e ria. Chegou mais perto.

– E então?

– Quê?

– Já pensou?

O sangue subiu para o meu rosto, palpitando.

– O que você acha?

– Perguntei primeiro. Ontem.

– Eu... quero.

– Quer, o quê?

– Ai, Luca!

– Fala! Quero te ouvir dizer. Pensa que foi fácil pedir, meu?

– Quero. Namorar. Você.

– Que bom.

Passou o braço por cima do meu ombro, olhos tão ardentes que tive medo que fosse me beijar ali, mas baixou o olhar. Sentia o toque um pouco áspero do seu joelho na minha perna. Mão na mão, palmas e dedos, vontade de morder... Engraçado como a gente fica gostando de coisas estranhas: sorriso metálico, falha na sobrancelha, joelho ossudo todo ralado e marcado. E a cicatriz funda em forma de "z" do lado da coxa.

– Vem. Quero te mostrar uma coisa.

Entramos. Na cozinha, a mãe do Luca tomava café.

– *'Giorno, mamma.* Esta é a Maria. Vou até o meu quarto.

– Espero que tenha pelo menos arrumado a cama. Ou está aquela bagunça?

– Mais ou menos.

– *Va bene.* Mas depois tem de estudar. Sabe, Maria, que o seu amigo pegou segunda época de Português, História e Moral e Cívica?

– Eu peguei recuperação de Matemática.

– Em Matemática Luca é *molto bravo.*

Passou a mão no cabelo dele, tirando a franja da testa. Ele torceu o nariz, sacudiu a cabeça e me puxou pela mão. Subimos. Ao abrir a porta, pareceu lembrar de algo.

– Espera aí.

Apanhou umas revistas espalhadas e atirou para dentro do guarda-roupa, batendo a porta com o pé.

– Entra.

Tirou de cima da cama uma espingarda de pressão, deixando cair um monte de chumbinhos que se espalharam pelo carpete. Ajoelhou para catar.

– Como você conseguiu pegar tantas segundas épocas? Ainda mais Moral e Cívica.

– Por quê? Está achando que sou burro? Pois eu acho que, se eu fosse, minha vida seria bem mais fácil. O problema é... sou um cara marcado. Você não sabe o que é isso. Basta o professor não ir com a tua cara. Ele te olha no primeiro dia de aula e decide que não vai te engolir. Tá feito. Vai te pegar para Cristo o ano inteiro. E eu sou um prego na garganta deles.

Chutou os chumbinhos que sobraram para debaixo da cama e estendeu a colcha desajeitadamente.

– Senta.

Procurou um lugar para a espingarda na estante.

– Sabia que eu tenho um Jaguar?

– Ah, um carrinho!

– Não é carrinho. É um Jaguar de verdade. Uma réplica perfeita, em escala. Olha aqui a marca. Original, veio da fábrica. O velho me deu quando eu era pequeno. Um dia vou ter um grande, você vai ver.

Ele falava do tal carro, mas eu prestava mais atenção na fotografia na parede. Pequena, antiga, em preto e branco. Um índio de longas tranças, faixa na testa, argolas nas orelhas e rifle na mão. Impressionante o olhar firme no horizonte, me fazia lembrar o Che Guevara na foto que não pude guardar.

– Você gosta de índios?

– Só de índio americano. Como o Crazy Horse. Se eu pudesse escolher, queria ter sido ele. Ou pelo menos um guerreiro Sioux.

Ligou o toca-discos.

– Escuta. "Wild Horses". Esta é a música que eu queria dançar com você. Mas nessas festinhas bobas não toca Rolling Stones.

Quando minha pele estremeceu com o som delicado das guitarras e a voz vibrou no ar, ao mesmo tempo doce e rascante, entendi. Era o que eu precisava ouvir, há tanto tempo. Apenas não sabia. Falava de mim, para mim, de uma saudade doída de ser tudo ao mesmo tempo agora. De algo distante, triste e ardente, como é a gente ser tão jovem em tempos como os de hoje.

– Vamos dançar?

– Aqui? Assim?

– E daí? Ninguém tá vendo.

Luca puxou a maria-chiquinha e meus cabelos caíram soltos nas costas. Tão bom ficar sozinhos, juntos. Rostos, braços, pernas, peito. Sentia um coração aos pulos mas não sabia se era o dele ou o meu. Me deu um beijo rápido, pequenino, suspirado no pescoço, quase cócegas. Era um arrepio profundo, um calor à flor da pele, era tudo ao contrário. Como se tivéssemos sido feitos só para ficar agarradinhos, grudados, para sempre e...

Bateram na porta. A mãe do Luca, com uma bandeja.

Dois copos altos com alguma coisa que parecia café com leite.

– *Caffé latte, ragazzi!*

– Café com leite frio?

– Coisa de italiano. Experimenta. É bom.

Bom mesmo. Espumante, geladinho.

– Maria, agora o Luca precisa estudar. Cumprir umas promessas que andou me fazendo. *Vero*, Luca? Se ele levar a sério, quem sabe no fim da tarde pode sair.

Desceu. Ele ria com um bigode de café com leite. Fez uma careta, língua de fora.

– Vamos. Me espera às cinco, na pracinha. Pensa em mim, que vou ficar prisioneiro da bruxa, em pleno domingo de sol. Se eu não virar um anjo, ela me manda de volta pro inferno.

Me estalou um beijo no rosto. Depois passou a mão:

– Te lambuzei toda.

Fomos de mãos dadas até o portão.

Rua. Pracinha. Àquela hora já estava todo mundo lá.

– Maria! O que você estava fazendo tão cedo na casa do Luca?

– Saíram de mãos dadas.

– Dormiu com ele?

– Cala a boca, Max! Ele pegou um monte de segundas épocas, não pode sair o dia inteiro.

– Claro que a dona Ferruginosa precisava ir lá. Fazer uma companhia pro coitadinho do italiano. Que dó! Conta. O que vocês ficaram fazendo? Dando uns malhos?

– O que eu faço ou deixo de fazer não é da sua conta!

Debi com esparadrapo nos óculos, Cléo e o chapéu maluco, jogando saquinhos sentadas no meio-fio.

– Liga não, Má. Esse cara é um bolha.

– Quer jogar?

– Não. Quebrou os óculos?

– Sexta, no vôlei. Mas conta! Vocês tão namorando?

– Que coisa! Só pensam nisso?

– Conta logo, vai.

– Aqui não. Os meninos podem ouvir.

– Vamos dar uma volta.

– Até a padaria, tomar um sorvete.

– Só se vocês pagarem, saí de casa sem nada.

– Saiu feito louca, de madrugada, só pra ver o cara?

– Nem pra chamar. Me largou lá. Tomei café sozinha com seu avô, sabia?

– Pois mereceu. Depois do que disse ontem. Mas chamei, sim. Você estava dormindo feito uma pedra bêbada.

– Bêbada? Olha quem fala! Fui eu quem tomou gim-tônica ontem à noite?

– Gim quê?

– Gim-tônica nada. Era soda. Falei só para encher a Pati.

– Maria, eu não fui nessa festa, não sei de nada. Agora você vai contar tudo.

– Não tem nada para contar. Ele me pediu para namorar. Eu disse que ia pensar. Pensei... e aceitei.

– Mas já?

– Já, ué! Queria o quê, Cléo? Que eu passasse um mês, meditando?

– Olha, não é por nada, Má, mas você nem conhece esse menino direito. Faz o quê? Duas semanas que ele mudou para cá?

– Então, segundo você, eu ia namorar quem?

– Alguém conhecido. Um amigo.

Nem a Debi estava aguentando.

– Cléo, já é demais! Quando a gente gosta, gosta, pronto. Eu acho o Luca divertido. Grande Chefe Cavalo

Louco. Acho legal eles namorarem. Conta, Maria. Estou morrendo de curiosidade.

– Sei lá. Quando estamos juntos... Parece que conheço ele desde sempre.

– Ah, está mesmo apaixonada!

– Beijaram na boca, afinal?

– Ainda não.

– Que milagre! Do jeito que você está rapidinha, pensei que... Não eram nem dez da manhã e já estava lá.

– Conta, vai! O que vocês ficaram fazendo?

– Nada de mais, ora. Dançando.

– Dançando? Logo cedo?

– Sozinhos? Música lenta?

– Dançando, no quarto dele de porta fechada sozinhos logo cedo música lenta dos Rolling Stones, tá bom? Algum problema?

– Você não está exagerando, Maria? Sozinhos no quarto! Sabe o que falam dele? Foi expulso de dois colégios, porque fez bombas. Da última vez, o padre chamou ele de terrorista, faltou chamarem a polícia.

– Quem disse?

– O Dimi, que estudou com ele. Mas todo mundo sabe, menos você.

– E daí? Você está muito careta. Nem parece a Cléo que eu conheço, uma intelectual que não é alienada, vai para Londres, lê o Sartre. Se o Luca fez bombas, devia ter algum motivo. Você está com inveja porque eu estou namorando?

– Está mesmo apaixonada!... Isso vai acabar em casamento.

– Desse jeito, vai acabar é mal.

– Cale a boca, Cléo!

4 DE DEZEMBRO, SEGUNDA

DESDE ONTEM cedo não tinha mais visto o Luca. Passei pela praça à tarde, esperei um tempão e nada. Na casa dele, tudo fechado. Não tinha coragem de tocar a campainha; e se a mãe atendesse? Pensei em pedir para a Debi, mas... na frente de todo mundo? Dos meninos? Depois de toda a gozação que tinha ouvido de manhã? Esperei mais um pouco, o sol começou a descer e voltei pra casa confusa. Mais um assunto para me tirar o sono: será que ele havia mudado de ideia?

Hoje, Caco veio da rua com um bilhete:

Maria

dessendo a rua Saranda a esquerda a un terreno con um muro de tijolo. Do lado tem uma tabua verde. Esta solta e da para passar. Te spero la as cinco e meia atras da quelas plantas de frutas ingrassadas. Vai a pe que nao da para entrar com a bici.

Luca

Que graça... Ele não sabe o que é mamona! Mas claro que já descobriu a entrada para o terreno baldio. Que lugar! A Cléo acharia o fim – se eu contasse pra ela.

Cheguei. A tábua estava afastada. Fui espiar e acertaram uma mamona na minha testa. Dei de cara com a cara do Luca rindo por cima do muro.

– Vem!

Há quanto tempo eu não ia lá! As plantas cresceram formando um esconderijo, quase uma cabaninha debaixo do abacateiro. Ele havia arrumado um banco com uma tábua e tijolos.

– Ficou legal aqui, né?

– Quando eu era pequena, a gente fazia guerra com essas bolinhas. Chama mamona.

Ele achou muita graça.

– Mamona?

– É, e dói, viu? Uma vez pegamos o Max. Três meninas contra ele. Um verdadeiro massacre.

– Ele não vai com a minha cara.

– Max? Ele é assim mesmo.

– Você já está de férias?

– A prova é amanhã. Depois estou livre. E você?

– Três provas ainda. Se pegar mais uma segunda época, é bomba direto.

– Ih!

– Nada! Agora é moleza. Inglês, Ciências e Matemática. Mas de que adianta? Já estou de castigo mesmo. Trancado em casa até janeiro, *baby*!

– Janeiro?!

– Condicional das cinco às sete da tarde, e olhe lá. Sério.

– Que droga!

– É. Mas eu aprontei.

– O quê?

– Coisas. Um dia eu te conto. Ela não aguenta mais. Disse que vai me pôr na linha de qualquer jeito.

– Quem?

– Minha mãe, ora! Maria, você vem me encontrar aqui, todo dia a essa hora?

– Aqui?

– É! Na rua tem muita gente. Eu trago o gravadorzinho. Umas fitas. Sozinhos. Vem?

– Tá.

E que se dane a hora do jantar.

– Só no sábado que... Olha, sábado tem jogo.

– É o dia da reunião de bandeirantes. Se eu passar lá depois?

– A gente volta juntos! Mina, você é demais!

E tacou uma mamona no meu nariz.

6 DE DEZEMBRO, QUARTA

NÃO ENTENDO por que a mãe do Luca faz questão de colocar um cara como ele nesses colégios de padre linha dura. A gravatinha ridícula do uniforme, o tal padre bedel que mede com régua a distância entre o colarinho da camisa e o cabelo dos meninos. Não combina!

– Essa história, é verdade? Das bombas que você fez?

– Meu, como esses caras falam! Até você já sabe? Não tem nada de mais, Maria, te conto. Foi num outro colégio. Você tem ideia do que é ser novo numa classe de quinta série com trinta caras que se conhecem desde o pré? Ainda por cima falando português com um sotaque desgraçado!

– Você quase não tem sotaque.

– Agora! Precisava ver antes. Sabe como eles me chamavam?

– ?

– Albertosi...

– O... goleiro? Da Copa? Quatro a um!

– Não ri! Nessas horas, ou você mostra para eles quem é ou está perdido.

– E por causa disso você explodiu o colégio?

– Não é bem assim, que exagero! Fiz, fazia um monte de zoeira que não vou nem te contar. Aquela da bomba foi a mais legal. Nem era perigosa. Não tinha pólvora! Permanganato é um pozinho roxo que você compra na farmácia, bobagem. Faz um barulhão, a maior sujeira. Só. Mas bem naquele dia o padre estava de olho na gente. O burrão pegou a bomba, para ver o que era. Chacoalhou e explodiu, lógico. Foi demais! Você já viu um padre roxo, Maria?

– Seu louco!

– Fomos expulsos, os três. Mas nesse outro colégio foi mais fácil. Pelo menos com os carinhas. Já tenho a fama, menos sotaque. Posso até ficar na minha. Se quiser. E agora vou virar um anjo, juro!

– Por quê?

– Por você.

– Por mim você pode ser do jeito que quiser.

– Um santo!

Eu ri.

– São Luca?

– *Yes, baby!*

8 DE DEZEMBRO, SEXTA

DEITADOS NO CHÃO, mãos dadas, olhamos as nuvens passar no azul do céu entre as folhas de mamona.

– Se você pedir, ela deixa. Tua mãe é bacana.

– Não sei. Meu aniversário é muito perto do Natal.

– Faz um sábado antes. Vou gravar um tremendo som para você. *Very special.* Conheço um cara que me empresta uma luz negra.

Era a melhor ideia que alguém podia ter. Uma festa, um tremendo som no meu aniversário. Mas cada vez que tentava pensar nisso a lembrança do tio Vina, da Aidê, me dava um aperto, um remorso...

– Não sei se meu avô vai querer. Ele anda meio...

– Ah, vá!

– Deixa sair a minha nota, no fim da semana.

Me abraçou, chegando o rosto pertinho, tão perto que pensei que ele fosse... Não. Enfiou o rosto no meu cabelo e me apertou com toda a força.

– Para, Luca! Você me quebra o braço! Aaai!

9 DE DEZEMBRO, SÁBADO

Esta manhã aconteceu uma coisa engraçada. Quase não chego para ver, tinha ido na Cléo devolver uns discos. Mamãe saíra cedinho, vovô estava no banho, Caco por aí e a Cida quando liga aquele rádio... Chegaram dois amigos de mamãe, Félix e Alice, com Clara, a filhinha deles de seis meses. Tocaram, tocaram e nada. Resolveram esperar ali mesmo. Alice recostou no colo do Félix e cochilou, à sombra da tipuana.

Pouco antes da hora do almoço vovô saiu para ir até o bar e deu de cara com aquela cena. Sentados na calçada, com um monte de mochilas, um casal e um bebê. O rapaz, calça Lee toda rasgada, cabeludo e barbudo; a moça com uma saia indiana arrastando pelo chão, e aqueles chinelos de couro! Olhou um pouco para eles e entrou novamente. Cheguei bem a tempo de ver a confusão. Vovô saiu com pães, leite e uma sacola de roupas velhas para dar. Alice o encarava, espantada.

– Doutor Heitor?

Aí quem se espantou foi ele. Aqueles mendigos sabiam seu nome?

– Não está me reconhecendo? Alice! Amiga da Malu.

– Minha filha, o que aconteceu? Por que não disse que estava numa situação difícil? E com uma criancinha... Nós teríamos ajudado!

– Não, doutor Heitor. Está tudo bem. A gente acabou de chegar do sítio.

– Não tá vendo o jipe, vô?

O jipe era aquele monte de lama parado na esquina.

– Doutor Heitor, este é o Félix, meu... namorado.

Vovô fez uma cara muito feia para o Félix, apontando a Clara:

– É sua filha?

– É.

– E o senhor faz o quê?

– Estou esperando a Malu.

– Não foi isso que eu perguntei. Quero saber o que o senhor faz para dar uma vida decente para a sua... família! Vão pondo filhos no mundo sem pensar em como criar?

Félix abriu a boca, a ponto de dar uma resposta, quando vovô começou a olhar para ele com muita atenção.

– Espere aí... Você não me é estranho. Eu lhe conheço, rapaz. Você não tinha esta barba. Seu nome é Félix... do quê?

– Lobato.

– Claro! É filho do Lobato, o jornalista! Chegou a trabalhar no jornal com seu pai, não é verdade? Veja, Maria, que coincidência: filho de um grande amigo meu! Sabe que este moço, apesar da cara de maluco, tem uma história bonita? Foi o quê? Há três, quatro anos? O Nunes era um velho companheiro nosso de boemia e perdeu o emprego de professor por causa da política. Andava se virando nas editoras, fazendo revisões, traduzindo. Nessa época perdemos contato; fiquei um bom tempo sem ouvir falar nele. Um dia, me aparece no Fórum este menino, passando uma lista, arrecadando dinheiro para ajudar o Nunes, que tinha sofrido um acidente. Estava no hospital sem ter nem para pagar a cirurgia, a mulher e os filhos passando necessidade. Pois o Félix aqui me fez reencontrar esse velho amigo. E ajudou a salvar a vida do poeta.

– Que é isso, doutor Heitor? Foi o pessoal da faculdade. O Nunes era um grande professor. Ninguém se conformou quando teve de sair. E depois do acidente... Nos achamos na obrigação de fazer alguma coisa. Sabendo que ele tinha tantos amigos, não foi difícil.

– Pois é. Como é a vida, não? Apesar dessa roupa de vagabundo, está aí um ótimo rapaz. Mas vamos entrando, meus filhos. Estou me sentindo um bobo, no meio da rua com este prato na mão. Está quase na hora do almoço e a Cida prepara um camarão ensopadinho que é uma delícia! Falando na Cida, Maria, onde estava ela que não abriu a porta para os amigos da sua mãe?

– Ih, vô. Quando lava roupa na máquina com o rádio ligado, o mundo pode cair que ela nem...

Quando mamãe chegou, vovô estava começando a entender o que Félix e Alice queriam dizer com "estilo de vida alternativo", mas não conseguia engolir aquilo. Ela tentou ajudar:

– Imagina, pai. Também não tem nada de mais. Estão morando em um sítio, construindo uns chalés para alugar. Trabalham muito, viu?

– Já entendi. Que eles queiram rejeitar a civilização, viver sem luz, telefone, conforto, até entendo. Tem gosto para tudo. Mas, Maria Lúcia, esse negócio de ir morando juntos, sem casar... Não sei se é boa influência para as crianças.

Olhou de lado para mim.

– Ih, vô! É a revolução sexual! As pessoas precisam de liberdade pra experimentar, pra saber o que querem. Se a mamãe não tivesse tido tanta pressa em casar, talvez pudesse escolher melhor, não é?

Se bem que, se meus pais não tivessem casado, talvez eu não existisse. Será que eu seria eu, se não fosse filha do meu pai? Olhei para vovô, que olhava para mim. Pensei que ia ter de pegar um lenço para amarrar o queixo dele, completamente caído, aquele bocão aberto. Bem feito. Quem manda me chamar de criança?

– Primeiro, guerrilha urbana. Depois, esses hippies... Agora, minha neta de doze anos pregando a revolução sexual! Em menos de um mês. Nem quero imaginar o que vai vir depois.

Felizmente, a Cida entrou para dizer que o que vinha depois era o almoço e o tal camarão que vovô tanto gosta.

– Malu, e o seu irmão? Mandou notícias?

– Nem te conto. Deu um susto danado na gente. Estava tão machucado, coitado. Felizmente, agora já está bem. E em Paris, imagina! Ligou semana passada, contando as novidades. Tem até uma possibilidade de trabalho. Intérprete, acho. Diz que está cheio de brasileiros por lá.

– A coisa por aqui está preta para muita gente.

– Volta e meia ficamos sabendo alguma história horrível.

– Nem todo mundo tem a sorte dele. Ou a irmã de uma colega minha da faculdade. O senhor não imagina, doutor Heitor. Chegaram a dizer que tinha sido assassinada!

– O que aconteceu, Félix?

– Há muito tempo eu não ouvia falar dessa colega. Casou no fim do curso, foi morar em Brasília. Mas a irmã, dezessete anos, estudava aqui em São Paulo. Vestibular para Psicologia, parece. De uma hora para a outra, sumiu. Disseram que tinha sido presa, torturada, mas as informações eram contraditórias. Os próprios companheiros a estavam dando como morta. Ela ficou apavorada, nem imaginava até que ponto a menina estava envolvida. Mas era bem sério. De um tempo para cá ela tinha dado para usar o nome de Iara, pode?

Todos paramos de comer. Vovô engasgou, mamãe empalideceu.

112

– Iara?

– Mas. . .

– Você está falando da Aidê?

– Isso, Aidê, irmã da Áurea. Uma lourinha, bonita. Vocês conhecem?

– Foram nossos vizinhos há uns dez anos. Os pais ainda eram vivos.

– Ela e o Vinícius foram pegos juntos. Ele mesmo pensava que ela. . . .

– Morreu? Não. Aí é que está o lado bacana da história.

– Estava sumida fazia alguns dias. Parece que pegaram a menina e espancaram barbaramente. Pois imaginem que ela foi encontrada inconsciente, num lixão. Quem achou foi uma senhora humilde, auxiliar de enfermagem. Essa mulher cuidou dela, sem nem saber quem era. Quando melhorou, conseguiu falar, pediu para chamar o cunhado.

– Ainda existe gente boa neste mundo!

– Então ela está viva?

Viva, viva, viva! O tio ia ficar tão feliz.

– Viva. Mas o melhor vocês não sabem. Esse cunhado, marido da Áurea, é dinamarquês, norueguês, sei lá.

– Sueco. Se chama Nils. Eu fui no casamento dela.

Mamãe adora um casamento.

– Diplomata. Tem um cargo na embaixada, é amigo de infância do filho do embaixador. Recebeu o telefonema e veio direto. Coisa de filme de espionagem. Encontrou a menina toda arrebentada na casa dessa senhora. Ficou enlouquecido. Levou ela de ambulância, direto pro consulado. E a Aidê saiu do país com passaporte da ONU.

– Incrível!

– Agora a gente precisa telefonar pro tio, contando!

– Félix, você nem imagina a boa notícia que trouxe.

Viva, viva, viva! Eu ia poder ter vontade de dar a minha festa.

ERA ESSA HORA AZUL do fim do dia que vovô chama de lusco-fusco. Luca e eu de mãos dadas na rua vazia. Dos terrenos baldios vinha um som de grilos e, de vez em quando, passava um vaga-lume. Engraçado. Mais perto de casa, onde já colocaram as luzes novas de mercúrio, não se veem mais vaga-lumes.

– Se eu tivesse feito aquele gol, a gente ganhava o jogo.

– Empatava. Foi quatro a três.

– Se eu fizesse aquele, fazia outro. Vem cá. Gosto desse uniforme.

Me puxou pela gravata, passou o braço ao redor do meu pescoço e trouxe pertinho, encostando o rosto no meu cabelo.

– Vocês estavam fazendo uma fogueirinha lá hoje, né?

– Como você sabe?

– Vi a fumaça. E você está com cheiro de fogueira.

– Ruim?

– Deixe eu sentir. Hmmm...

– Para!

– Deixa! Não. É bom. Muito bom.

– Luca. Falei com minha mãe e tudo bem. A festa pode ser no sábado.

– Legal! Eu sabia. Vou fazer um som de arrasar pra você. Nada dessas musiquinhas de rádio. Já estou

gravando. Cada fita! Esses caras vão ver só. Mas. . . .
preciso te dizer uma coisa. Uma coisa chata.

No meio da rua havia uma tampinha, tampinha de
garrafa, que o Luca chutou.

– Diz.

Seguiu a tampinha e chutou com força.

– Uma coisa ruim.

Quando ele diz que é ruim, pode contar que vem
bomba.

– Vou viajar. Antes do Natal. Volto dia primeiro. Uma
porcaria de uma casa de uma tia no interior. Minha mãe
inventou. Já tentei tudo, não teve jeito. Quando ela enfia
uma coisa na cabeça. . . Droga!

Deu um bico na tampinha, com raiva. Ela pulou,
quicou na calçada, rodou, rodou e pimba! Caiu no bueiro.

– Ih, nós também vamos viajar. Logo depois do Natal.
Só voltamos dia dez.

– Dia dez! Então são. . .

– Quinze dias.

– Não, dezoito.

– Tudo isso?

Vontade de chorar.

– Maria, eu só não arrumo uma confusão porque a
minha situação lá em casa não está nada boa. Preciso
passar de ano, só isso. Se não. . .

– O quê?

– Sei lá. Não vamos pensar nisso. Temos catorze dias... e a festa. Vai ser demais. Vem cá. Sabe o que eu tenho vontade de fazer com você?

– ?

– Fugir.

– Está maluco?

– Não de verdade. Só por um dia. Olha, quando você voltar e terminarem minhas provas, não contamos para ninguém; vamos, sozinhos, passar o dia num lugar bem legal.

– Jardim Botânico?

– Na praia! Que tal? Pegamos um ônibus, vamos embora. À noite, quando estiver todo mundo preocupado, voltamos.

– Sei lá. Tenho medo.

– Comigo você não precisa ter medo.

Me agarrou com toda a força pela cintura.

– Ai, não! Tenho cócegas, já disse!

– Vem cá, sua boba!

16 DE DEZEMBRO, SÁBADO

A SEMANA passou voando. Só conseguíamos pensar, falar e planejar a festa. E hoje começou bem cedo. Luca e Tom vieram logo depois do café, querendo saber onde ficavam as tomadas da sala. Difícil foi transportar tudo da casa dele para a minha. À pé, e na subida! Debi e Akira apareceram para ajudar. Caco não desgrudava do Luca, querendo saber tudo, onde ligava, o nome da música, para que servia aquele fio... Alice acordou tarde e adorou a bagunça. Afastou os móveis comigo e a Debi, conseguiu uma chave de fenda para os meninos, forrou os sofás com colchas coloridas e trouxe um buquê de flores do campo.

Quando Luca ligou pela primeira vez o gravador, para testar, vovô teve uma ideia súbita. Súbita e brilhante: passar o fim de semana no sítio de uns amigos. Logo ele, que detesta dormir fora de casa. Era mesmo um tremendo som. Mamãe foi buscar o bolo, os meninos precisavam de uma escada para pendurar a luz negra e começou uma discussão para saber se poderiam pregar um prego na parede. Alice resolveu o problema: tirou aquele quadro horrível das abóboras que o vovô tanto gosta. A luz ficou meio torta no gancho do quadro, mas aguentava. Luca estava tão bonito no alto da escada com o alicate na mão.

– Maria, preciso ir. Fingir que estudo o resto da tarde, se quiser sair à noite. Não se preocupe. Volto lá pelas nove.

– Você vai ficar grudado no som a noite toda?

– Não! Só para trocar as fitas. Qualquer coisa, teu irmão ajuda.

– Caco?

– Ô! Legal, ele, Maria. Moleque inteligente.

ALICE ME TROUXE a coisa que eu mais queria: um vestido indiano. Retalhinhos de tecidos estampados de todas as cores, bordado em cima com espelhinhos. Mamãe deu a sandália amarrada na perna que eu queria. Alice penteou meu cabelo, algumas trancinhas no meio do cacheado.

– Adorei seu namorado, Maria! Esperto, tão bonitinho. E como gosta dos Rolling Stones!

– Pena que a Cléo não pense assim. Se você visse como implica com ele!

– Está com ciúmes. Não liga.

– Do Luca?

– De você, da amiga. Isso passa.

– Ela disse que fui rápida demais. Sabe, ele me pediu na noite da festa do clube. Aí, no dia seguinte, de manhã, eu ia passando... Ele estava no muro e me chamou, perguntou a resposta... O que eu ia fazer? Aceitei, ora.

– Você queria, né?

– Lógico.

– Então tinha mais que aceitar. Esse papo de ficar esperando já era. O amor é muito louco! E depois?

– A gente foi para o quarto dele. Ficamos dançando aquela música dos Stones, "Wild Horses".

– E então... ele te beijou!

– Não.

– Não? E até agora. . . ?

– Beijo na boca ainda não. Só no rosto. E abraço, pegar na mão. . . Outro dia ele me deu uma mordida no pescoço.

– Maria do céu, coisa mais linda! Ele também nunca beijou.

– Não é possível. Como você sabe?

– Está na cara! Do jeito que ele olha pra você. . . Se não fosse a primeira vez, já teria beijado.

– Será?

– Quantos anos ele tem?

– Catorze, em março.

– Mmmm. . . Está louquinho pra te beijar! Maricota, conta uma coisa: você é a primeira namorada do Luca?

– Sei lá. Acho que não.

– Ele nunca disse?

– Não, por quê?

– Porque, com esse jeito dele. . . Se for, ele não vai dizer. E se tivesse dito talvez não fosse.

– O quê?

– Deixa pra lá. Tenho certeza. Você é a primeira namorada dele. Menina, você tem muita sorte! É a coisa mais linda do mundo!

– Você acha?

– Lógico! É assim que as coisas deviam ser, sempre!

Até parece cinema. Por que você não vai logo e dá um beijo na boca dele?

– Eu, hein? Tenho vergonha. Nem sei beijar.

– Que gracinha. Ele também pensa que não. Mas você não vai ter de esperar muito mais. Tenho certeza! E quando ele beijar você, Maria, vai fundo!

– Como assim?

– Ah... Bom... Como é que eu vou explicar? É... Imagina que você está perdida no deserto do Saara. A água acabou, aquele sol de rachar, um calorão. Você anda, anda, suando, quase morrendo de sede. De repente, plim! Surge na sua frente uma bela melancia cortada ao meio, suculenta, geladinha, deliciosa. O que você faz?

– Nhau! Na melancia.

– É isso. Beijar é assim. É essa melancia.

– ?!?!?

– Tudo bem. Logo, logo você vai entender. E, se a minha intuição não está me enganando... amanhã você me conta.

– Onde você vai?

– Acender uma vela para os meus anjinhos da guarda. E arrumar uma coisa. Uma ideia que eu tive. Você vai ver.

Cléo chegou cedo. Não ia perder o bolo. Até se arrumou. A mesma calça Lee mas com uma blusa de veludo molhado lindona, o tal chapéu. E de batom!

Nove horas. Tias indo embora, amigos chegando. Até às nove e quarenta foi um tal de abrir e fechar aquele portão que nem notei que o Luca ainda não viera. Depois pensei que era o jeito dele, assim. Já, já ele chega. Caco no som, fones nos ouvidos, feliz da vida. E tome atender a campainha, sempre tentando não esperar que fosse ele, sempre escondendo a pontinha de decepção por não ser.

Quase dez horas, um monte de gente, todo mundo se divertindo. Do Luca, nem sinal. Pela primeira vez na vida dou uma festa legal dessas e nem posso aproveitar! Me deu um medo, uma vontade de estrangular, uma aflição! Fiz de tudo para disfarçar, dancei, conversei, comi. Vai ver, ele acha normal. Tentei achar normal. Não deu. Dez e dez; eu queria desistir, sumir, e não podia. A festa era minha. Dez e vinte, fui me despedir da última das tias, uma irmã do vovô muito gorda chamada Iolanda. Fechei o portão sem vontade de voltar.

Alguém havia colocado um banco escondido debaixo da quaresmeira, junto ao muro, com uma vela acesa num pratinho do lado. E flores. Alice, lógico! Então ela achou que era isso que ia acontecer. Luca viria sentar comigo nesse cantinho e... que boba. Que idiota eu sou. Se ele quisesse... mas não. Ou teria acontecido alguma coisa terrível? Uma tragédia?

Do outro lado do muro, na rua, ouvi uma voz. Tom?

– Cara, você vai tocar essa campainha já. Maria é minha amiga há um tempão, não vou deixar você aprontar com ela. Você deu a ideia da festa, arrumou toda a confusão. Agora entra.

– Meu...

Luca?!

– Já disse, não posso ir nessa festa. Olha só! Como vou chegar lá com isso? Na hora nem pensei. Sou um imbecil. Comprei o disco. Só depois percebi... o que ela vai pensar? Não vou. Sem presente? Não posso!

Que papo esquisito! Do que eles estavam falando? Ele estava sendo obrigado a vir na minha festa?

– Cara, a gente conversou pra caramba. Embrulha esse disco e toca a campainha.

– Não.

– Conheço a Maria. Não vai nem perceber.

– Ah, não?

– Vai logo.

Campainha. E agora? Abro ou desapareço? Atendo ou morro?

Abri. Nunca tinha visto o Luca desse jeito. Branco, a mão gelada. De dar medo.

– Oi.

Tom empurrou um embrulho na mão dele, sussurrando.

– Dá!

Ele me entregou o disco meio sem graça. Peguei o envelope, amassado e com o durex rasgado. Queria enfiá-lo garganta do Luca abaixo. Vai ver era uma droga de um disco qualquer, que ele não tinha nem escolhido. Desse jeito não precisava ter vindo. Tom foi entrando de fininho. Sem saber o que fazer, abri.

STICKY FINGERS! O disco que eu queria. Com o zíper de verdade, que abre. Mas então...?

– Escuta aqui. Que história é essa? Primeiro você dá a ideia. Depois passa dias gravando fitas, faz som, luz, tem o maior trabalho. Eu fico esperando e você só aparece agora, de má vontade, forçado. Me traz um presente superlegal, mas age como se fosse um lixo! Se era assim, meu, melhor nem ter aparecido!

– ?

– Eu estava no muro. Ouvi o que vocês falaram. Não estou entendendo nada. O que está acontecendo? Por que você não queria vir? O que eu não vou perceber?

– Você gostou do disco?

– Lógico, já disse!

– Mesmo?

– Puxa, Luca, é a nossa música. O disco que eu queria.

– Gostou da capa?

– Não muda de assunto. Quero saber que coisa é essa que eu não vou nem perceber.

– Perceber? Você? Nada, Maria, juro!

– Como, nada? Ouvi o Tom falando. Você não queria nem vir por causa disso! Mas, se é para ficar fingindo, melhor terminar logo.

Incrível. Até seus lábios estavam brancos. Gotinhas

de suor brilhavam na testa e ele falava depressa demais, o sotaque mais forte.

– *No*, Maria! Nada disso. Claro que eu queria vir, *lo che io* mais queria, estar com você. *Scusa*, desculpa, *dai*! Olha, é *una cosa*. Uma coisa que não dá para dizer. *Non posso*, mas não é nada. Nada com você. *Una cosa stupida*, minha. Estava pensando que... Sei lá. Não interessa. Por favor, acredita em mim. Nunca gostei de uma menina como gosto de você. *Te lo giuro*.

Então era isso! Como pude ser tão desligada? Alice tinha razão. Ele estava com medo que eu notasse que ele nunca tinha beijado!

– Nunca, Rossa. Desculpa, vá? *Please*!

– Tá bom.

Entramos abraçados. Caco havia desistido de cuidar do som. Dimi e Akira tentavam, mas não entravam em acordo quanto à escolha das fitas. Parte da festa migrara para a cozinha; Max havia trazido uma garrafa de cerveja, que passava de mão em mão. Se mamãe vê! Mas ela estava numa boa, trancada no quarto com a Alice, pondo as fofocas em dia. Não queria nem saber da bagunça aqui em baixo. Luca correu para o toca-fitas.

Fiquei olhando para ele do outro lado da sala e achei graça quando tirou a garrafinha de gim da gaveta e temperou a soda limonada. Milagre: ao seu lado, Cléo e Dani, bem juntinhos no sofá, pernas dobradas, joelhos se tocando, conversando concentrados sobre algum assunto que devia ser muito interessante, sério e profundo. Coleção de pedras, provavelmente. Fui até a cozinha pegar uma coca, fiquei batendo papo com Teca e Debi.

Quando voltei, ele estava no canto junto ao gravador, mão apoiada na parede, falando com Tom e o Max. Passavam de mão em mão o tal copo de gim-soda, gesticulando muito. Cléo, sozinha, recostava a cabeça no espaldar do sofá, com seu velho ar de tédio. Como eu gostaria de ouvir o que os meninos estavam dizendo!

Teca veio se despedir.

– Já?

– Meu pai é fogo. Meia-noite e nem um segundo a mais.

Fui com ela até o portão. Cléo veio junto. Depois. . .

– Má, preciso dizer uma coisa muito séria

– Diga.

– Sobre o Luca. Olha bem. Só estou contando isso porque sou sua amiga. Outra, no meu lugar. . .

– Que foi?

– Eu estava sentada lá, ao lado do som.

– Com o Dani, eu vi.

– Mas aí ele saiu, eu fiquei. Os meninos estavam conversando. Tom, Max. . . e o Luca. Sem querer, escutei.

128

– Sei, sei. Fala de uma vez. Já está me deixando aflita.

– Não vá ficar mal comigo, hein? Só estou repetindo o que ouvi.

– Tá, Cléo. Anda!

– O Luca apostou com os meninos que vai te beijar na boca. Hoje.

Achei bárbaro.

– Apostou o quê?

– Sei lá. Acho que não ouvi direito ou perdi alguma parte, pois só ouvi ele falar num jaguar. Devia ser brincadeira.

– Ele apostou o Jaguar?!

– Jaguar, que eu saiba, Maria, ou é um bicho ou um carro, e o Luca não tem nenhum dos dois. Deve ter sido alguma outra coisa.

Era a coisa mais linda que um menino podia fazer por mim. Pensasse a Cléo o que quisesse, eu não ia deixar o Luca perder aquela aposta, nunca. Nem que eu tivesse de. . .

– Viu que desaforo? Uma aposta, que cara de pau! O que ele está pensando que você é?

– . . . ?

– E agora, Má?

– . . . ?!

– O que você vai fazer?

– O que você acha?

– Duvido que tenha coragem. Ainda mais com aquele aparelho. Se ainda fosse móvel. . .

Dani usa aparelho móvel.

– Duvida? Quer apostar?

– Nem morta! Detesto apostas. Vamos?

– Vai na frente que eu quero chegar sozinha.

– Ah, Maria, você pirou de vez.

Esperei uns momentos debaixo da minha árvore, respirando fundo, coração a galope. E fui.

Todo mundo dançava. Esperei o finalzinho da música para entrar. Luca me viu chegar, sorriu, piscou e apertou a tecla do gravador. As guitarras soaram, delicadas, melancólicas. "Wild Horses". Ele atravessou a sala na minha direção, olhos nos meus, hipnotizados. E foi um só abraço macio, tontura morna correndo nas veias. Saber que ele queria o que eu queria, sem saber que eu sabia. Encostei a cabeça no seu ombro, beijei, mordi a curva do pescoço, os dentes na correntinha.

– Maria! Vamos até lá fora.

Esquisito caminhar daquele jeito, atordoados. Ainda assim pude ver os meninos nos seguindo, escondidos entre as azaleias. Até o Dani. Que bobeira. Assistir ao beijo dos outros em vez de eles mesmos beijarem alguém.

Mas não sentia medo nem vergonha. Sentados no banco da churrasqueira era como se estivéssemos sozinhos no mundo.

Luca segurou minha mão, apertou, beijou a palma e me trouxe para bem perto. A mão no meu pescoço, dedos na minha nuca, corações disparados e o arrepio percorrendo o calor da noite. Olhos negros que eram duas brasas. Nossas testas se encontraram, roçamos os narizes muito de leve, respirando, trêmulos e, enfim...

Primeiro provando, lábio com lábio, estalidos, barulhos pequeninos. Depois deslizando molhado, gostando cada vez mais, boca na boca e a vontade de derreter naquele beijo. Ele sussurrou com a voz mole:

– Vem. Vamos sair daqui.

Alguns dos meninos ainda ameaçaram nos seguir. Luca se virou, olhou e nos deixaram em paz.

O banquinho da Alice, no jardim. Àquela hora a vela já havia terminado, mas... que grande ideia! Escurinho, escondido junto ao muro. Noite quente, perfume de flor. Que coisa. Mais sem jeito ali sozinhos que na frente de todo mundo. Ele tirou a caixinha amarela do bolso, abriu.

– Chiclé?

– Hãhã.

Com o chiclete na ponta da língua, olhos semicerrados chispando, desafiou:

– Vem pegar.

Fui procurar o chiclete na boca do Luca e só achei seu beijo quente, ardido, hálito hortelã, a língua. Primeiro apenas as pontas se tocando, tímidas. Mas era tão bom! O beijo e a mordida, língua, lábios e saliva, sugar o seu sabor. Uma boca sabendo o que a outra quer. Cada vez mais. Aí ele me passou o chiclete. E eu entendi a história da melancia.

20 DE DEZEMBRO, QUARTA

Às VEZES ter treze anos é a pior coisa do mundo. Você não tem um pingo de liberdade para escolher o que fazer. Férias de verão, a época mais esperada de nossas vidas, e cada um tem de ir com a família para um lado. Nada mais injusto.

Cléo está toda contente. Vai para Londres depois de amanhã, e chamou os amigos para uma reunião de despedida. Eu estaria me divertindo, não fosse o mau humor do Luca. Sei lá o que acontece, se é de ficar trancado, ele anda infernal. E esta noite estava abominável. Nem eu estava aguentando. E a gota d'água foi quando ele tirou o disco que eu tinha colocado pra tocar. Ele sabe como eu gosto do John Lennon. Mas veio lá da cozinha, onde discutia futebol com o Tom como se fosse uma questão de vida ou morte, trocar o meu disco. Para não brigar, saí para o jardim. Que se danasse.

– Maria?

– Max?

– Está triste, né? Eu sei. De tudo.

Falava em tom de conspiração, como se alguém pudesse estar ouvindo.

– ?

– Seu tio. Meu pai contou. Lá no escritório dele, estão defendendo uns caras. Uns presos políticos. Aí ele ficou sabendo.

– Ah!

– Deve ter sido horrível.

– Mais ou menos.

– A polícia foi na sua casa?

– Não, Max.

– Verdade que ele é guerrilheiro?

– Imagina. Que papo é esse agora, Max? Já passou, ele foi para a Europa. Não quero falar nisso.

– Entendo. Queria te pedir desculpas. Devia ter sido mais legal com você, esses dias. Mas não sabia!

– Tá, obrigada. Tudo bem. Esquece.

Quando fui levantar ele me puxou pela mão, segurou o pescoço e grudou a boca na minha.

– Para, me solta!

– Ih, Maria, por quê? Você não beija o Luca? Te conheço há muito mais tempo. Vai dar uma de enjoada, agora?

Não sei o que me deu. Acho que pensei que era tudo uma cena de filme, pois nem pisquei. Sentei uma bofetada de estalo no meio da cara do Max!

– Vá pro inferno!

Ele empalideceu. Me olhou como se fosse revidar, parou, não quis. Ou não pôde. Os olhos ficaram vermelhos, me deu as costas e saiu correndo. Por que eu precisava ter feito aquilo?! Mas ele, também, que ideia! Fiquei um tempo ali sentada, até que a Cléo veio me procurar.

– Maria, que foi? O que deu no Luca?

– No Luca?

– É. Estava com uma cara! Furioso. Pegou todos os discos dele e saiu, batendo o portão. Nem para se despedir, o grosso. Vocês brigaram?

– Ai ai ai ai ai!!

21 DE DEZEMBRO, QUINTA

ACORDEI PÉSSIMA. Seria o fim? Se o Luca tinha visto aquilo, podia achar ... Nunca mais ia querer olhar na minha cara. Estava pensando nessas coisas quando Caco veio correndo da rua.

– Corre, Maria! Briga! E é por sua causa. O Luca e o Max. Todo mundo foi ver.

Vergonha, medo, orgulho, remorso, culpa... Vontade de sair correndo para assistir.

– Eu, hein? Detesto briga.

E agora? O que eu tinha feito?! E o que ia fazer?

Não passaram nem quinze minutos e a campainha tocou. Corri, atropelando a Cida, para atender.

Parados no meio da calçada, Luca e Max. Suados, descabelados, ofegantes. O primeiro com um arranhão na testa, sem um botão na camisa, braços cruzados e aquele queixinho arrogante. O outro, com sangue no nariz como quando era pequenininho e o lado direito do rosto machucado, começando a arroxear. Luca o puxou, firme, pela camiseta. Na esquina de baixo, como quem não quer nada, um grupo de meninos espiava.

– Agora ela vai dizer. Fala, Maria.

– O quê?!

Ele apertou os lábios, enrugando o queixo, e franziu as sobrancelhas.

– Com quem você vai ficar?

– Luca?

– Ele ou eu? Escolhe, anda!

– Você, lógico! Mas. . .

– Ouviu, meu? Pode ir agora. Vai!

Max foi descendo a rua ressabiado, sem jeito nem para correr.

Luca me puxou pela trança e encarou, olhos apertados, sombrios. Estremeci. Cerrou os dentes, rosnou, riu. Me espremeu forte entre os braços, fez que ia dar um beijo e mordeu de leve meu rosto.

– Solta o cabelo, vá. Fica tão bonita!

– Luca, você tem cada uma! Às vezes não entendo. Pensei que fosse. . .

– Brigar? Capaz, se não tivesse visto o tapão que você deu nele.

– Então. . . Luca! Se você viu, sabia. Por que precisava bater, humilhar ainda mais o coitado?

Ele desmanchava a minha trança com os dedos.

– Porque eu quis. E porque, depois de levar a tua destra, ele precisava conhecer a minha sinistra. Os dois lados! – riu. – Para ficar sabendo e não esquecer. Que você é minha, ouviu?

– Para com isso! Não gosto quando você fala assim.

Foi se aproximando, me empurrando com o corpo contra o portão.

– Adoro seu cabelo assim.

Sussurrou, rosto pertinho do meu, boca molhada sorrindo tortinha, se oferecendo. E não tive outro jeito senão beijar.

22 DE DEZEMBRO, SEXTA

DROGA, DROGA, DROGA! Porque eu tinha de fazer aquilo? O último dia que tenho para ficar com o Luca e estou trancada de castigo, sem poder pôr o nariz para fora do portão. Pior é que, mesmo que o Caco também tenha uma certa culpa, só de olhar para aquele baita curativo e o olho roxo me sinto péssima. A monstra assassina de irmãozinho! Mas por que ele tinha que me provocar daquele jeito? Tentei me controlar, agir como uma moça, contar até dez, cem, mil, mas parece que esse tipo de coisa não funciona quando a raiva é do irmão mais novo.

Estava bem quieta, na sala, lendo. Sossegadíssima, quando o Caco entrou feito um furacão.

– Estavam falando de você no clube hoje. Ouvi tudo.

– Ah, é? Quem?

– Umas meninas. Pati, Bia... Outras que não conheço.

– Falando o quê?

– Cada coisa...! Que ficou beijando o Luca na frente de todo mundo. Que depois estava com o Max. Da briga que deu. Te chamaram de vaca. Galinha.

– Falsas. Isso é inveja.

– Inveja do quê?

– Porque eu tenho namorado. E elas nunca beijaram ninguém.

– Você beijou o Luca que eu vi. Todo mundo viu. Conta uma coisa. Você pôs a língua?

– Não amola, Caco!

– É que nem um desentupidor de pia, mesmo? O aparelho não engancha?

– Não enche, Carlinhos! O que você tinha de ficar ouvindo o papo delas?

– Ouvi porque elas estavam falando alto e vim contar porque sou seu irmão. Achei que você precisava saber.

– Isso não é da sua conta.

Ele pulava no sofá, de uma almofada para a outra.

– Disseram que só pode beijar com quinze anos. Se beijar antes, se beijar muito, se pôr a língua, é porque é vaca.

– Para com isso! E não é pôr, é puser, tá?

– Ia ser legal. Ter uma irmã vaca. Nunca mais a gente ia precisar comprar leite. Muuuu!

Fiz tudo o que podia para não pular no pescoço dele. Apertei o livro com força, respirando fundo, tentando contar até cem.

– O problema vão ser esses peitinhos que você tem. Não vai dar nem para um copinho de Toddy!

Gargalhava e pulava. Perdi a conta no treze e taquei o livro, com tudo, nele. Caco desviou para o lado, o livro acertou na estante que balançou e uma droga de um vaso de cristal lá no alto despencou e veio se espatifar no meio da testa dele. Ainda cheguei a pensar "bem feito", mas foi só por uns segundos. Até eu ver a sangueira e o Caco aos berros de:

– Mããããnhêêêê!!

Não quero nem lembrar. Sorte que mamãe já está em casa, de férias. Correram para o pronto-socorro. Três pontos na testa. E a bronca, então. Pra lá de humilhante. Mas o pior é saber que a estas horas ele está na rua, dizendo para todo mundo que fui eu que fiz isso.

SOZINHA, CURTINDO meu castigo no alto da quaresmeira, pensando, escrevendo, chorando, ouvi um assobio alto e agudo. Olhei para baixo, ninguém.

– Ei, Rossa! Aqui!

Luca, de pé em cima do muro, me espiava entre as folhas.

– Não faz barulho. Se alguém ouvir você tem de ir embora.

– Fugi pra te ver. Minha mãe saiu, pensa que estou estudando.

– Sobe aqui.

Ele se pendurou num galho comprido e pulou para o meu lado, leve, rindo.

– Que bom ver você.

– Fugi e encontrei teu irmão na praça, com um lenço amarrado na cabeça, dizendo que é pirata.

– Nem de cabeça quebrada ele sossega.

– Como você conseguiu fazer um estrago daqueles na cabeça do menino?

– Nem fala que me sinto mal. Foi um acidente. Ele estava me infernizando, taquei um livro. Só um livro, mas acertou na estante, o vaso caiu. Bem na testa. Já pedi desculpas mas continuo de castigo.

– Tudo bem. Agora eu estou aqui. Vem cá. Passa a perna pra lá. Assim.

Enroscados um no outro e os dois no galho da quaresmeira. Passei os dedos pelos cabelos dele, escorregando pela testa, nariz, queixo. Vejo a camisa aberta, a correntinha, o peito liso. Desejo de pôr a mão, mas não ouso.

– Sabe que eu sempre quis ter um irmão? Mas meus pais nunca...

– Se separaram faz tempo?

– Sei lá. Perdi a conta.

– Os meus, faz quatro anos. Mas Luca, seu pai dá tudo o que você quer. O meu não está nem aí. Nem liga pra gente.

– E daí? Você acha que faz alguma diferença? Basta eu querer alguma coisa que o velho vai assinando o cheque. Pra ele isso não é nada. Se eu pedir um carro, uma metralhadora, sei lá, um crocodilo, ele é bem capaz de comprar, só pra não ter que discutir. Bela droga. Nunca quiseram saber de mim. Fui para aquele colégio interno não tinha nem sete anos. Longe pra caramba. Outro país.

– Mas ia pra casa, nas férias?

– Ia...

– Pra Roma?

– Nápoles. Meu velho tem negócios, lá... uma boate, também. Às vezes era legal. Eu era molequinho e meu pai não sabia o que fazer comigo. Me levava e eu ficava lá, ia em todos os lugares. Camarins, mesa de luz, cozinha... Todo mundo me conhecia. As garotas, os músicos... Meu melhor amigo, nesse tempo, era o *barman*. LoVecchio, era o nome dele.

– E ensinou você a tomar gim-tônica...

– Não! Eu era pequenininho. Tomava *ice cream* soda. E a gente conversava sobre a vida, o mundo, as mulheres.

– Então você ia para Nápoles e passava as férias numa boate?

– Mais ou menos.

Dei risada.

– Legal!

– Você ri, né? Mas minha mãe não achava graça. Nenhuma.

– E depois?

– Depois nada. Deixa pra lá.

– Aconteceu alguma coisa?

– Sempre acontece alguma coisa, Maria. Não quero falar nisso. É uma história velha, triste e feia. Meu pai é um cara complicado. Mas passou. Esquece.

Nunca tinha visto isso. Os olhos dele cheios d'água. Passei a mão nos cabelos de novo e dei um beijo na testa.

– Tá.

Luca esfregou as costas da mão nos olhos e levantou, desafiador.

– Quer dizer, dona Maria, que a senhora fica de castigo no alto de uma árvore? Você é selvagem, menina!

– Sou nada. Para com isso.

– Ah, deixa, vá. Eu adoro. Olha. Vou te mostrar como se sobe numa árvore. Não nesses galhos baixinhos que você fica.

– Cuidado, essa madeira é meio mole. Pode quebrar. Caco já levou um tombão.

Nem ligou. Subindo, mais alto que qualquer um. Eu sentia o galho em que ele estava tremer.

– Você nunca vai me esquecer, Maria?

– Claro que não. Mas volta.

Pendurou-se pelas pernas, de ponta-cabeça. Podia ver seu rosto entre a folhagem. O galho começou a vergar.

– E se eu morrer, você vai lembrar de mim?

– Não fala assim.

– Vai?

Estalou.

– Vou, Luca, mas desce!

– Jura?

Dobrou mais, farpas rompendo.

– Juro! Nunca, nunca, vou te esquecer. Mas sai daí, por favor!

Só vi o galho ceder e partir. Fechei os olhos.

– Luca!!

Esperei ouvir o barulho dele se esborrachando lá embaixo. Nada. Ainda que pense nisso milhares de vezes, nunca vou entender o que ele fez naquela hora. Abri os olhos e procurei seu corpo no chão. Qual! Estava agarrado com pernas e braços num galho mais grosso abaixo de mim.

– Dá a mão, Maria, me ajuda a subir.

– Que susto, meu! Olha a sua perna. Está sangrando.

– Tsk. Machucado velho. Só saiu a casca.

– Não faz mais isso. Nunca mais!

– Bobagem. Você não viu a corda?

A corda... Minha nossa. Estava amarrada ali há um tempão, resto de um antigo balanço. Ele tinha se pendurado naquilo? Não era possível. Só se fosse de circo. E a burra aqui fechou os olhos e não viu!

– Podia estar podre, essa corda. Tem sei lá quantos anos que está aí. Você é louco.

– Quer saber um segredo?

– ?

– Louco. Por você.

10 DE JANEIRO, QUARTA

Por mais que tente, não consigo lembrar direito da viagem de volta. Só que na estrada, através do vidro do carro, o sol fazia minha cabeça latejar. Tentei comer uns biscoitos mas o sal ardia na garganta. Cheguei em casa queimando de febre, os sentidos embaralhados. Como se os sons se amplificassem e estilhaçassem em pedacinhos num eco latejante. Frio, muito frio. Depois o calorão e adormeci.

Acordei com o som da campainha. Acabava de anoitecer, grilos chiavam. Chamei mamãe. Bebi água, muita. Água fresca. Ela passou a mão na minha testa.

– Eram seus amigos que estavam aí. E o Luca. Eu disse que você estava doente. Eles voltam amanhã.

– Luca? Por que não deixou ele entrar?

– Você ainda está febril. Amanhã vocês se veem. Aí têm o resto das férias para ficar juntos.

Mas, o que era aquilo?

– Queremos a Maria! Queremos a Maria!

Mamãe foi ver e voltou dando risada.

– Seus amigos gostam mesmo de você. Estão fazendo uma manifestação lá fora, acredita?

– Queremos a Maria!

– Lógico, estou ouvindo. Acho melhor você abrir.

– Tudo bem. Mas é só um pouquinho, hein?

Entraram. Luca, Tom, Debi, Akira. Fizeram a maior festa por me ver mas, depois, que engraçado. Todo mundo meio sério, sem graça e sem assunto. Ainda tentei contar alguma coisa sobre a viagem, mas eles foram saindo, me deixando só com o Luca.

– Saudade!

– Nem fala.

Me abraçou forte, forte.

– Você está tão quente.

– Febre.

Chegou a boca pertinho da minha, fazendo bico de beijo.

– Não. Cuidado. Você pode pegar gripe.

– Não faz mal.

Reclinou o corpo sobre o meu na cama. Eu vestia só uma camisolinha, mas antes que pudesse me envergonhar ele passou a mão por baixo da alça e deslizou de leve as unhas sobre a pele nua das costas. Esqueci tudo, vergonha, receio, febre. Beijei sua boca, o queixo. No pescoço, dei falta da correntinha. Não sei por quê, tive medo.

Bateram na porta. Nos ajeitamos depressa, eu recostada no travesseiro, ele segurando minha mão. Mamãe entrou com um prato de canja.

– Luca, agora a Maria precisa descansar. Volta amanhã.

– Tá bom, Malu.

Pegou a esferográfica na mesinha e me riscou forte a palma da mão: *Ciao* Luca.

– Ai. Assim você machuca!

Sorriso manso mas o olhar de chumbo, distante, negro.

– Eu quero que não saia nunca.

Beijou minha mão, a testa e se foi. O Luca às vezes tem um jeito que assusta.

11 DE JANEIRO, QUINTA

Eu já não estava de cama mas continuava no quarto quando Luca chegou hoje cedo. Olhar sombrio, ar de tempestade.

– Preciso te dizer uma coisa, Maria. Mas olha: não tive culpa. Eu...

– Quê?

– Vou embora.

– Vocês vão viajar de novo?

Mordeu os lábios, fechou os olhos, suspirou.

– Não. Eu disse que vou embora. Para sempre.

– Não brinca.

– Nunca falei tão sério.

– O que aconteceu?

– Fui expulso do colégio.

– Expulso, de novo? Como? Quando?

– Segunda-feira. O primeiro dia da segunda época.

– Mentira. Não acredito.

– Te juro.

– Não jura, Luca!

– É verdade.

– O que você fez?

– Nada, Maria. Não fiz nada.

– Tá. Nada e foi expulso.

– Tudo bem. Não precisa acreditar em mim. Ninguém acredita, mesmo.

– Desculpa. Mas você precisa me contar, né?

– Os caras puseram uma bomba no colégio. Bomba pra valer, com pólvora, bolinhas de gude, coisa feia. Arrebentaram o banheiro.

– Bomba? E você não teve nada a ver?

– É sério. Não fui eu. Te disse que ia ser um santo e fui! Você mesma viu. Estudei essas porcarias, mais de um mês. E pra quê? Nem a prova me deixaram fazer. Mas o que me dá mais raiva é pensar na besta do Rudi. Me entregou, Maria. Pra livrar a cara idiota dele e dos amiguinhos, foi e sujou a minha.

– Como, entregou? Se você não fez nada...

– Tinha o caderno. Você não vive escrevendo? Então. Eu desenho. Carros, máquinas, projetos. As coisas que eu gosto, né? Mas tinha umas armas e bombas. Todas as bombas. Com esquemas. A de permanganato, essa tal que eles fizeram, outras piores... Foi de onde tiraram a ideia.

– E você ainda diz que não fez nada?

– Não fiz! Só desenhei. Uma coisa técnica, de engenharia. Um lance teórico, entende? Não sou idiota que nem aquela turminha. Não tinham a menor noção do poder daquela bomba. Podia até matar alguém. Não ia colocar um negócio daqueles no banheiro do colégio, a não ser que quisesse barbarizar pra valer. Mas se quisesse, faria muito pior. Tinha lugares bem mais interessantes pra explodir. Posso até ser meio pirado, mas não sou imbecil.

– Você acha que dá pra acreditar no que está falando?

Ficou muito sério, a voz mais grave, solene, adulto.

– Escuta aqui, Maria. Vou dizer uma vez só.

Esfregou a cicatriz grande da perna.

– Isso aqui. Foi um acidente, com uma arma de caça.

– Você. . .

– Meu pai. Mas o velho não teve culpa. Não me viu, nem sabia que eu estava lá. Enfim. . . quase morri. E por pouco não perdi a perna. E isso porque foi de raspão. Eles pensavam que nunca mais eu ia poder andar direito. Mas. . .

Remexeu no bolso, procurando. Encontrou a medalhinha da santa, com a corrente partida.

– Escuta: nunca conto essa história pra ninguém. Quem cuidou de mim foi a minha *nonna*, que morreu ano passado. Ela era a melhor pessoa deste mundo, você nem imagina. Colocou isto no meu pescoço e eu nunca mais havia tirado. Até segunda, quando arrebentou.

– Você brigou?

– Fica quieta, menina, escuta. Vou te dizer três verdades e só. Depois eu posso mentir para o resto da minha vida. Uma: gosto de você pra caramba. Duas: não fiz nada. Nada! Três: vou embora. Mas não vou te esquecer. Você, só você, precisa acreditar em mim.

– Tudo bem, Luca. Acredito. Sério. Mas...

– Mas é isso. Tenho esse caderno. Quer dizer, tinha. Droga, burro! Andava com ele por aí. Mas o que eu podia fazer? As ideias vêm nas horas mais estranhas. Estava na minha pasta e o Rudi sabia. Mandou o padre lá, direitinho. A prova do crime. E eu dancei. Os caras pegaram uma suspensão, mas eu estou fora. Expulso. Sou "influência negativa", mau elemento.

– Esse Rudi é que é um dedo-duro.

– Mas quem se ferrou fui eu.

– E agora?

– Agora, adeus, Maria.

– Não fala assim.

– . . . .?

– O que a gente vai fazer?

– Você, não sei. Eu tenho que ir.

– Assim? E eu? Passei todo esse tempo esperando para te ver de novo e você vem com esse papo? Acabou, morreu, vai embora e a gente não vai fazer nada?

– Fazer o quê, Maria? O que nós podemos fazer?

– Fugir. . . ?

– Fugir?! Tá bom. Fugimos. Me diz só uma coisa: para onde? Quanto tempo você acha que eles iam levar para nos encontrar? Só temos treze anos, caramba! O que eu ia fazer com você nesse mundo? Não sei nem o que fazer comigo! Está pensando que é aquele filme, Romeu e Julieta? Não seja boba. Aquilo é uma história do Shakespeare. Sabe quem era esse cara? Um que só achava graça em inventar personagens para matar depois. Nem imagina o que morre de gente nas peças dele. Mas vou te dizer uma coisa: morrer no fim só fica bonito no cinema, em peça de teatro. E isso não é um filme. É a vida real. Eu não vou morrer no fim, Maria. Te juro!

– Tudo bem, Luca. Só pensei que, se a gente fugisse, quem sabe eles ficassem com pena e. . .

– Pena, Maria? Não fala bobagem. Não quero que ninguém tenha pena de mim: eu não tenho pena de ninguém. E também não ia adiantar. Sabia que isso ia acabar acontecendo, que droga! Estava combinado com minha mãe há mais de um ano. Mais dia, menos dia, eu ia acabar me metendo em alguma encrenca, e então. . . . Ela estava mesmo doidinha para se ver livre de mim. *It's allright, Ma. I'm only bleeding.*

– *Allright* nada! Você sabia que isso podia acontecer, que a gente corria o risco de não se ver nunca mais e, mesmo assim, nem pensou? O que tinha de andar com um caderno desses por aí? Para se meter em confusão? E eu, como fico? O que eu faço? Você não pensou em mim, porra?

– Não fala assim.

– Assim, como?

– Assim, . . . porra. Eu não gosto.

– E daí?! Você não vai embora? Não fez tudo o que podia pra ir? O que te interessa o jeito que eu falo? Vai estar aqui para ouvir, por acaso? Falo o que quiser, por. . .

Espalmou a mão sobre a minha boca, apertando o rosto com força.

– Não, Maria!

Tentei me soltar, mas Luca segurava firme. Ele podia ser maior e mais forte, mas ia ter muito trabalho se achava que era fácil me dominar. Agarrei seus braços com toda a força. Reagiu, empurrei, passei a perna por trás da sua. Caímos. Rolamos pelo chão.

Eu poderia ter acabado com aquela briga quando quisesse. Bastava desistir. Mas não podia. Era como se preferisse lutar com ele ali, ter sua pele, o cheiro, a aspereza dos joelhos, toda a sua força contra a minha do que. . . amanhã, não.

Enlacei suas pernas com as minhas, forte. Talvez conseguisse prendê-lo. Com as mãos empurrei seus braços. Mas ele me pegou firme pelos cabelos, fez um movimento com o quadril e caiu sobre mim, pernas enroscadas. Senti voltar a sensação de ontem. O corpo queimava, ardia, tudo latejava. Tentei soltar e ele prendeu meus pulsos no chão. Riu e me deu um beijo como nunca antes. Primeiro mordido, quase mau. A seguir tão doce e suave como deve ser um último beijo. Depois, de molhado ficou triste um instante. Sua língua tocou o céu da minha boca e vi estrelas acender ao meio-dia. Devia ser a febre.

Luca com os olhos fechados me abraçava forte forte com todo o corpo, a franja despenteada úmida na testa. Estremeceu levemente e deu um suspiro profundo, quase um soluço.

Ficou por quase alguns segundos parado, me olhando com os olhos quase fechados, o mais doce dos sorrisos. Gotas miúdas de suor brilhando na pele. Segundos. De repente me encarou, ficou em pé rápido, rosto em fogo, os olhos espantados.

– Desculpa! Desculpa, Maria, eu não queria...

Assustado, confuso, e eu não entendia por quê. Ele não me machucara. Será que eu tinha feito algo errado? E aquele beijo. Havia alguma coisa de eterno, de terrível, eu só não entendia...

Luca correu, sumiu.

Para nunca mais.

Até. . .

UNS DEZ ANOS DEPOIS

Foi ontem à tarde. Íamos assistir ao pôr do sol na praça idem – isso se o Max chegasse a tempo. Eu esperava no lugar de sempre: dependurada na quaresmeira, pensando na vida. Um carro diferente, verde brilhante, veio devagarinho e parou diante da nossa porta. Desceu um *boy* – bem que era gatinho, mas muito *boy*. Cabelo preto curtinho, camisa branca, relógio, Ray-Ban de ouro. Antes que tocasse gritei, do meio das folhas:

– Quer falar com quem?

– Maria?

– Eu?

– Lembra de mim?

– ?

– Luca.

Desci do meio das flores roxas, pulei o muro descalça. Nos olhamos sem dizer nada, um pouco sorrindo, um pouco estranhos. Parecia que tínhamos vindo de planetas diferentes.

– Você continua igual.

– Será. . . ?

– O que anda fazendo?

– Faculdade. Jornalismo.

– Olha só! Eu acabei voltando, já faz um tempinho. O Tom disse que você estava aí.

– Na mesma bat-árvore. Está morando por aqui?

– Não. Só passei para ver se você. . .

Olhou para o carro, chave na mão.

Que coisa estranha encontrar uma pessoa a quem se amou num momento diferente. Como pisar numa encruzilhada do tempo. Um segundo que é todas as possibilidades – e impossibilidades. Coisas de que vai se lembrar um dia e perguntar: e se eu tivesse feito diferente?

– Maria!!

Max, ao volante do velho fusca que agora é meu, buzinando. Quis matar. O símbolo da anarquia, grafitado em *spray* prata na porta do motorista.

– Max, o que deu na sua cabeça? Pichar o meu carro?

– Ficou demais, Maria!

Me agarrou pela cintura e encostou o quadril no meu, ar de dono. Essa mania dele estava começando a enjoar. Olhou para o Luca de cara feia, apontando com o queixo, querendo saber quem era.

– Lembra do Luca, Max?

Cara de espanto. Um aperto de mão que era quase uma queda de braço, meio que se medindo.

– Que máquina, meu.

Por um momento eu vi aqueles dois, aos treze anos, diante do meu portão.

Max me pegou pelos bolsos das calças e puxou

– Bóra, magrela.

Respondi entre dentes:

– Não me chama assim. E solta.

Mania de ficar me agarrando na frente de todo mundo.

– Bóra. O sol não espera pra se pôr.

– Tá bom. Luca, vamos até a Praça do Pôr do Sol?

– Não, Maria. Fica pra próxima. Legal te ver.

– *Ciao*, Luca.

Max acelerou demais o Fusca, que engasgou e demorou a pegar. Do Luca ficou no ar apenas o ronco grave do motor.

Sentados na grama no alto da praça, vendo o sol descer sobre a cidade universitária.

– Não sei o que você tinha de chamar o cara para vir com a gente.

– Por quê? Quis ser simpática.

– Simpática? Não viu o tipo? Careta, Má.

– Max, esse papo de dividir o mundo entre mocinhos e bandidos, esquerda e direita, caretas e... não dá mais.

– Então deve ser cana. Maior sujeira. Aqueles óculos...

– Isso é primário! Julgar as pessoas pelo carro que têm, a roupa que usam... Até parece que todos que pensam diferente de você são uns imbecis.

– Que foi agora, saudade? Lembrou de quando ficava se agarrando com ele por aí? Tinha o quê, treze anos?

– Dá um tempo, conversa mais chata.

– O cara deve ter grana, você viu? O carrão? Camaro, meu! Não ficou com vontade de dar uma voltinha, relembrar os velhos tempos?

– Você está podre hoje, hein?

– Quer saber? Ele ficou com uma cara de bunda porque podia ser todo metidão quando era moleque mas quem acabou transando com você fui eu!

Foi a gota d'água. Cafajestinho. Há tempo eu vinha pensando que esse namoro estava na hora de acabar.

– Não aguento mais a sua conversa, a sua cara, Max. Pra mim deu, acabou.

– Como assim?

– Como assim é uma pergunta idiota. Assim mesmo. Entre nós dois acabou. Não quero mais.

– Sei. Você vai se arrepender.

Virou-se e saiu, pisando duro.

– Max?

Olhou com raiva.

– Que foi?

– A minha chave.

– O quê?

– A chave do carro, ora.

Estava irado. Não tinha um Camaro, não tinha nem um Fusca. Tirou a chave do bolso, olhou bem para ela.

– Este chaveiro é meu, mas você pode ficar. Lembrança.

Jogou a chave na grama. Nem comentei o picho na porta: era assunto para mais de mês de discussão e eu só queria me ver livre.

– Depois eu passo na sua casa para pegar meus discos.

– Deixa. Eu peço para o Caco levar.

Fiquei só. Indiferente, o sol escorregou no horizonte. Ao lusco-fusco, vi nascer a primeira estrela.

23 DE NOVEMBRO DE 1999, TERÇA

JOL – Jornal Online

EMPRESÁRIO PRESO COM ARMAS DE GROSSO CALIBRE

São Paulo – Reportagem Local

UMA DENÚNCIA anônima por telefone indicou que o empresário Luca Artimori, 39 anos, estaria promovendo o contrabando de armas para abastecer quadrilhas de traficantes do Rio de Janeiro. Em sua casa a polícia encontrou revólveres, metralhadoras, carabinas, espingardas de diversos calibres, pistolas de uso exclusivo das Forças Armadas, fuzis AR-15 e grande quantidade de munição.

Quando Artimori estava sendo autuado por contrabando, porte ilegal e tráfico de armas, houve um novo telefonema anônimo, denunciando que o mesmo possuía um apartamento em outro local da cidade. Lá foram encontradas mais armas e munições, uma lista de preços e uma curiosa caneta-revólver.

Adverte-se aos curiosos que se imprimiu esta obra em nossas oficinas em 8 de novembro de 2011, sobre papel pólen bold 80 gramas, composta em tipologia Kerkis, em plataforma Linux (Gentoo, Ubuntu), com os softwares livres Gimp, LaTeX, svn e trac.